MALONE MORRE

Samuel Beckett

MALONE MORRE

Tradução e prefácio
Ana Helena Souza

BIBLIOTECA AZUL

Texto fixado conforme as regras do novo Acordo Ortográfico da Língua Portuguesa (Decreto Legislativo nº 54, de 1995).

Título original: *Malone meurt*

Editor responsável: Ana Lima Cecilio
Editores assistentes: Erika Nogueira Vieira e Juliana Araujo Rodrigues
Cronologia e bibliografia: Fabio de Souza Andrade
Preparação: Iuri Pereira
Diagramação: Negrito Produção Editorial
Capa: Sílvia Nastari
Imagem de capa: Renata De Bonis. "All Hands Against its Own", óleo e cera sobre tela, 60 x 100 cm, 2011. Coleção BGA (Brazil Golden Art)

CIP-BRASIL. CATALOGAÇÃO NA PUBLICAÇÃO
SINDICATO NACIONAL DOS EDITORES DE LIVROS, RJ

B834m

Beckett, Samuel, 1906-1989
Malone morre / Samuel Beckett; tradução e prefácio Ana Helena Souza. – 1. ed. – São Paulo: Editora Globo, 2014.
180 p.: il.; 21 cm.

Tradução de: Malone meurt
Inclui bibliografia
ISBN 978-85-250-5710-5

1. Ficção irlandesa. I. Souza, Ana Helena. II. Título.

14-11812 CDD: 828.99153
CDU: 821.111(41)-3

Direitos de edição em língua portuguesa para o Brasil
adquiridos por Editora Globo S.A.
Av. Jaguaré, 1485 – 05346-902 – São Paulo – SP
www.globolivros.com.br

SUMÁRIO

PREFÁCIO: A NUANCE DE MALONE

ANA HELENA SOUZA

AS FRASES INICIAIS de algumas histórias muitas vezes ganham fama própria. Pode ser por seu choque de estranheza, como em *A metamorfose*, pela trivialidade da abertura, como em *Mrs. Dalloway* ou, ao contrário, pelo seu tom sentencioso, como em *Anna Kariênina*. Samuel Beckett também é capaz de começos notáveis. Pensando nos três romances do pós-guerra — *Molloy*, *Malone morre* e *O inominável* — o mais impactante é, sem dúvida, o do último deles. Ao abrirmos o livro, somos confrontados pela dúvida sobre os elementos mais básicos das narrativas: "Onde agora? Quando agora? Quem agora?". O começo de *Malone morre*, embora em tom menos intenso, expõe e ao mesmo tempo encobre os elementos principais do jogo que inicia: "Estarei em breve apesar de tudo completamente morto enfim." A previsão da morte — já encontrada desde o título — está cercada de advérbios que a desestabilizam. "Em breve" é impreciso; "apesar de tudo", indeterminado; "completamente" anuncia que algo dessa morte já está em curso, mas não se sabe quanto; "enfim" fecha o ciclo e dá, com ironia, a nota de alívio, ao assegurar o cumprimento da previsão.

Revelar o próprio final contribui para que Malone estabeleça seu começo, que tem muito a ver com o fim de Molloy, protagonista da primeira parte do romance anterior. Molloy termina seu relato ao sair de uma floresta, onde se perdera. Malone lembra-se de ter estado numa floresta e perdido a consciência. Também se lembra de ter chegado ao quarto onde se encontra da mesma forma que Molloy chegara ao quarto de sua mãe, e com as mesmas palavras: "Numa ambulância talvez, num veículo qualquer certamente". Ambos começam a escrever confinados nesses quartos, depois de terem perdido a capacidade de locomoção. Mas nessas lembranças de Malone prevalecem dúvidas, falta de confiança na memória e a impressão de que essas histórias poderiam pertencer a outros.

Interessante observar que Molloy tinha uma preocupação muito grande com as mentiras, expunha a todo momento os falseamentos a que submetia a narrativa, as descrições, sua própria narração, sua própria linguagem. Malone não se incomoda tanto com a mentira. Concentra suas queixas na dificuldade de livrar-se de si mesmo, que o impede de ter sucesso na criação de um outro. Inventar um ser independente, uma vida alheia, é seu objetivo fundamental. Malone logo se diz "artista"; seu projeto, enquanto espera pela morte, é claro. Vai contar histórias a si mesmo: "Não serão histórias nem bonitas nem feias, calmas, não haverá mais nelas nem feiura, nem beleza, nem febre, serão quase sem vida, como o artista". Vai fazer o inventário das coisas que lhe restam. Também vai dizer algo sobre sua situação atual e, a partir daí, as modificações que introduz no projeto inicial não param. O tempo de Malone agora se resume a "Viver e inventar".

Dos narradores da trilogia, ele é o escritor assumido, mesmo que tenha decidido escrever por ter "a memória curta". "Um mínimo de memória", ele diz, "é indispensável, para viver de verdade." Molloy e Moran, narradores de *Molloy*, precisam de encomendas para escrever. Em *O inominável*, não se trata mais de um narrador identificável, trata-se basicamente de uma voz.

Mas Malone precisa aguardar o grande acontecimento do seu fim. Nessa espera, inventa, descreve sua situação, seus projetos, escreve suas histórias e seu inventário. Às vezes, parece resignar-se à condição de artista moribundo e impotente, embora não demore a exibir os limites da sua impotência. O caderno que usa, por exemplo, não sabe como o conseguiu, talvez tenha surgido simplesmente do seu desejo: "Eu o encontrei, desse jeito, nas minhas coisas, no dia que precisei dele. Sabendo muito bem que não tinha caderno, vasculhei as minhas coisas na esperança de encontrar um. Não fiquei decepcionado, não fiquei surpreso. Se precisasse amanhã de uma velha carta de amor não faria de outro modo." De modo que Malone tem o que precisa para ampliar o espaço, ao qual está restrito. Traçando palavras no papel, compondo histórias, sua imobilidade é amplamente compensada pelo caminho que percorre da esquerda para a direita e do alto a baixo da página, embalado pelo som do lápis, sentindo o mindinho arrastar-se no caderno.

Malone tira o máximo dos sentidos que lhe restam — visão, tato, audição. As descrições da natureza, dos sons, das mudanças de luz, são magníficas. Malone é um sensual. Entrega-se com prazer às suas percepções, quer pertençam ao presente, ao passado, ou sejam produtos da imaginação. Quando se refere à decisão de modificar seu projeto de histórias e inventário para incluir a situação atual, invoca, com ironia típica, noções estéticas: "A estética então está a meu favor, enfim uma certa estética". Refere-se ao pintor alemão Caspar David Friedrich, reconhece uma música, cantada por um coro, talvez um hino de Páscoa, com fina percepção musical, da mesma forma que escuta o barulho do vento e da tempestade, os latidos dos cães à noite nas montanhas.

Malone, cheio de escrúpulos, sistemático, entrega-se com seriedade a seu jogo, sabendo que vai perder:

> Nasci grave como outros sifilíticos. E foi gravemente que tentei não mais ser assim, viver, inventar, eu me compreendo. (...) Viver e fazer

viver. Não vale a pena indiciar as palavras. Não são mais ocas do que o que carregam. Depois do fracasso, o consolo, o descanso, recomeçava, a querer viver, fazer viver, ser outro, em mim, num outro.

Desta forma, Malone lida o tempo inteiro com a falta básica de sentido com que se depara nas palavras e em tudo o que tentam nomear. Sua primeira história tem como protagonista o filho mais velho da família *Saposcat*, chamado abreviadamente de Sapo. Sapo remete ao *sapiens*, que qualifica a nossa espécie; *scat* tem como um de seus significados fezes de animais. Fezes, na produtiva forma de esterco, ocupam a mente e as conversas do sr. e da sra. Saposcat, além da preocupação com o futuro do filho Sapo. Malone, em seu papel de criador, também apresenta suas preocupações com essa personagem. Perturba-se, sobretudo, com o que escapa à sua invenção, como depois de narrar um incidente escolar e a ausência da punição esperada:

> Mas Sapo não foi expulso nem então nem mais tarde. Vou procurar com a cabeça descansada as razões pelas quais Sapo não foi expulso, quando merecia amplamente ser. Pois quero o mínimo possível de sombra, na sua história. Uma pequena sombra, em si, ali na hora, não é nada. Não se pensa mais nisso, continua-se, na claridade. Mas conheço a sombra, ela se acumula, se torna mais densa, depois de repente explode e afoga tudo.

Acossado pela sombra, Malone sente que não vai conseguir jogar esse jogo. Inventa a família de camponeses pobres que Sapo visita e lhes chama os Louis, em francês, os Lambert, em inglês. A alusão é ao romance *Louis Lambert* (1832) de Balzac. Outros empréstimos de nomes de personagens podem ser encontrados no enfermeiro Lemuel, prenome do Gulliver das *Viagens de Gulliver* (1726) de Swift, e em Moll, um eco da protagonista do *Moll Flanders* (1722) de Daniel Defoe. Mas no caso de Lemuel, não se deve descartar a conveniência do nome assemelhar-se tanto a Samuel; e no caso de Moll, a referência a Defoe talvez fique obliterada pela predileção de Beckett pelos nomes iniciados por M, e pelo étimo "mol" em especial. De qualquer maneira, algo que tais alusões paródicas ressaltam é a diferença entre os romances dos séculos XVIII e XIX e as histórias que Malone narra, o romance como Beckett o escreve.

O que parecia ser, com a história de Sapo, uma simples paródia de um romance de formação, começa a complicar-se. A história que Malone pretende contar escapa com muita frequência do controle. A ficção se contamina com as características do narrador, suas incertezas, sua ignorância, cuja sombra mais escura e imperscrutável é a morte. Outra coisa , da qual tenta a todo custo defender-se, é de uma certa linguagem: "Conheço essas frasezinhas que não parecem de nada e que, uma vez admitidas, podem empestar toda uma língua. *Nada é mais real que nada.* Saem do abismo e não param até arrastarem você para lá. Mas desta vez saberei me defender delas."

Depois que Malone faz com que Sapo abandone os Louis para sempre, detém-se mais longamente outra vez na sua própria situação e até se apresenta pelo nome. Ao retomar a história inventada, ou melhor, ao reencontrar seu "outro", muda-lhe o nome para Macmann, o qual se parecerá cada vez mais com ele, à medida que envelhece. É preciso dizer que Malone se encontra numa instituição, cuja natureza ignora. Macmann acabará num manicômio. Seu nome, união do prefixo gaélico *mac* com *mann*, poderia ser traduzido como "filho do homem". Macmann, como o Saposcat anterior, também representa muitos: "Os Macmann são de fato numerosos na ilha e na maioria orgulhosos, ainda por cima, de terem saído todos, no fim das contas, do mesmo ilustre colhão." Não será a única referência a uma ilha. A Irlanda de Beckett está sempre muito presente em sua obra. Clima e paisagem lhe pertencem. Aos escritores irlandeses Jonathan Swift e Laurence Sterne, os narradores beckettianos também devem muito, com suas intromissões, seu hábito de desnudar a própria ficção que criam e sua sátira extremada.

No começo, os comentários do narrador Malone são engraçados, irônicos, evidenciam seu tédio, sua autocrítica: "Que tédio"; "E essa agora"; "Não, assim não dá"; "Que desgraça"; "Aí está um trecho bonito"; "Está indo"; "Como tudo isso é verossímil"; "Sentimental, pois é". Mais próximo do fim, quando a sua própria história começa a impor-se cada vez mais, outro tom vai sendo revelado. "Estou ficando nervoso", reconhece, depois de comentários sobre seu estado. E, depois da história de Macmann e Moll, o cansaço não pode ser ignorado: "Algumas palavras para terminar o declínio desta ligação. Não, não consigo"; "Mais um pequeno esforço"; "Vou apesar de tudo tentar continuar". Malone só vai recuperar a ironia consigo mesmo, ao se despedir de si: "Minha história suspensa viverei ainda. Descompasso que promete. Comigo é o fim. Eu não direi mais eu".

Parece um alívio. Reconhecer a separação de si mesmo implica despedir-se afinal desse "eu" ilusório. A insatisfação de Malone com suas invenções é causada pelo retorno à sua própria situação que elas o obrigam a fazer. Voltar a si mesmo é voltar àquela sombra que contamina tudo. Nela se inclui o descompasso entre o presente e o que se escreve, isto é, entre o tempo verbal presente empregado na escrita e o passado que nele se inscreve. Inclui-se aí também a dissociação entre o corpo e a mente, a separação entre a linguagem e uma apreensão da realidade, que faculte sua representação por "caminhos claros e toleráveis". Não há tal clareza. Parodiar romances não livra Malone da escuridão, aquela que guarda o silêncio.

> Mas no fundo do escuro havia o silêncio, o da poeira e das coisas que não se moveriam nunca, nem se dependesse só delas. E do desper-

tador, que não via, o tic-tac era como a voz do silêncio que ele também, como o escuro, venceria um dia. E então tudo ficaria silencioso e negro e as coisas estariam nos seus lugares para sempre, enfim.

Entre a tradição do romance de representação e a criação de uma experiência por meio da linguagem e da ficção, Beckett escolhe a segunda opção. Daí por que grande parte da crítica insista em dizer que não se encontra mais nada nos romances beckettianos, especialmente a partir dos três, escritos no pós-guerra. Esse nada se refere a elementos da narrativa tradicional, enredo, personagens, talvez, sobretudo, uma estrutura que dê ao texto um sentido. A presença de tais elementos, organizados num todo coeso, sustentam o critério de representação e dotam o texto de significação. Um romance como *Malone morre* não se deixa prender numa significação e, no entanto, não se trata de um blá-blá-blá vazio. Algo acontece, mesmo que aconteça por uma via negativa.

Assim, à medida que Malone nega as próprias invenções, a linguagem, a caracterização das personagens, a separação delas do seu eu, e, por fim, o próprio acesso que tem a si mesmo, ele não apaga o que narrou, mas faz com que essa narrativa desvalorizada traga para o primeiro plano, sem mediações, aquilo que suas narrativas tentam preencher, o tempo de espera pela morte, a anulação de tudo. Nem Malone nem o leitor podem se defender do que Beckett produz por toda parte com as histórias contadas pelo narrador para se entreter, enquanto espera a morte. As negações, dúvidas, retomadas, as retificações apresentam a produtividade da imaginação, auxiliada pela combinatória infinita das possibilidades da linguagem e pelo fluxo do tempo: "Em breve, quer dizer daqui a dois ou três dias, para falar como quando me ensinaram os nomes dos dias e me surpreendi que fossem tão pouco numerosos, e agitava meus pequenos punhos gritando, Mais! Mais!". A essa ânsia sem fim não se acrescenta uma finalidade; acrescenta-se, e aqui está a dificuldade maior, a emergência do nada. Malone tem, pelo menos, esta clareza do que lhe falta: "Tentei refletir sobre o começo da minha história. Há coisas que não compreendo. Mas é insignificante. Só tenho que continuar". Por não saber o que é viver, Malone deseja criar uma vida e, de posse dela, uma compreensão:

> E até sinto uma estranha vontade me tomar, a de saber o que estou fazendo, e por quê, e dizê-lo. Assim atinjo o objetivo a que me propus nos anos de juventude e que me impediu de viver. E às vésperas de não existir mais chego a ser um outro.

Ao contar histórias, quer "viver e fazer viver". Mas as frustrações se acumulam. Num instante é o outro, que a princípio parecia tão diferente dele, que começa a parecer-se com ele: "Me pergunto se não é ainda de mim que se trata, apesar das minhas precauções. Vou ser incapaz, até o fim, de mentir sobre outra coisa?" Noutro, são as descrições que não levam a nada, apesar de se multiplicarem. Por exemplo, depois que Sapo observa a sra. Louis separar as lentilhas e desmanchar, sem explicação, o trabalho no qual parecia empenhar-se, suas tentativas de refletir sobre isso não se completam. Do mesmo modo que o trabalho interrompido, elas são interrompidas na ignorância de qualquer sentido.

As memórias do próprio Malone, por sua vez, não revelam muito. O amigo Jackson e os outros permanecem enigmáticos. A lembrança de infância é depressa invalidada, como uma história ouvida de terceiros. Porque as descrições não cumprem seu papel no desenvolvimento da narrativa, os vislumbres dos personagens através de suas relações tampouco contribuem para uma caracterização consistente.

Há consistência, porém, na maneira como Malone e suas criações interagem com o mundo. A violência é uma constante dos relacionamentos, inexplicável. Malone não justifica os assassinatos que diz ter cometido; Macmann é espancado arbitrariamente, e é poupado da mesma forma. Quando se trata da descrição de como os pacientes interagem entre si e com os encarregados, é possível perceber, apesar de toda a indeterminação temporal e espacial a que Beckett submete seu texto, vestígios de arbitrariedades reais muito mais terríveis nos anos recentes — a redação de *Malone morre* é de 1948 — da Segunda Guerra Mundial.

Nesse mesmo sentido, a visita de um desconhecido, recebida por Malone, é exemplar. Sempre como agressor em ato ou em potência, o outro deve ser temido. Mas, a rigor, nem mesmo o outro é necessário. Lemuel, encarregado de Macmann, aplica-se golpes de martelo para livrar-se de tormentos mentais. Já o tormento com que Malone lida o tempo todo é o do próprio corpo. E fica claro que não se trata apenas da sua situação atual de moribundo, afinal ele diz que a vida inteira não foi mais "que uma sequência ou melhor uma sucessão de fenômenos locais, sem que isso nunca tenha dado em nada".

Como se sabe, a relação entre corpo e espírito foi explorada de muitas maneiras por Samuel Beckett. Suas anotações de textos de filosofia e psicologia feitas nos anos entreguerras são utilizadas várias vezes em sua obra, a serviço da ficção. Com modificações mínimas, temas filosóficos, bem como imagens literárias e citações recorrem em textos diversos. A máxima do filósofo que ri, Demócrito de Abdera, é uma delas: "Nada é mais real que nada". Outra favorita — para propósitos humorísticos — é a sentença latina que Jackson, o amigo de Malone, tenta em vão fazer o papagaio repetir: *Nihil in intellectu quod non prius in sensu* (Nada [há] no intelecto que não tenha estado antes nos sentidos). Como a ave só consegue repetir as três primeiras palavras (sem completá-la, diz Malone, com "a célebre restrição"), o efeito de ridicularização do axioma aristotélico-tomista reduzido a um inumano "nada no intelecto" é hilário.

Ainda comparece em *Malone morre*, embora não explicitamente, a doutrina do filósofo flamengo Arnold Geulincx (1624-1669), discípulo de Descartes. Nela há uma exacerbação da cisão entre o corpo e o espírito. A passagem de um pensamento a um movimento do corpo, por exemplo, não pode ser atribuída senão a Deus, uma vez que ignoramos como se dá. A liberdade de ação humana seria então exercida dentro de limites muito estreitos, como recordara Molloy, ao relembrar a comparação elaborada por Geulincx para explicar o princípio de liberdade do homem. Nada impede que um viajante, num barco que o conduz ao ocidente, possa movimentar-se dentro dele na direção oposta. A condução do barco cabe a Deus, cujos objetivos são insondáveis. O interesse de Beckett, ao lançar mão desses exemplos da filosofia, não incluía de modo algum a intervenção divina. Sua relação com eles deriva do apreço pela concepção da margem estreita de liberdade que possuímos e da ignorância de um propósito a que estamos reduzidos. E isso Malone reconhece, ainda no início de seu texto, apesar de toda a elaboração de um projeto de escrita: "Isso deve estar na ordem das coisas, tudo o que me acontece deve se inscrever aqui, e até a minha impotência em agarrar de que ordem se trata. Pois nunca vi nenhuma, nem em mim nem fora de mim."

De modo que, para ele, não adianta tentar descrever o que se passa com o seu corpo. Este também lhe escapa. Afasta-se e incha em vez de aproximar-se e encolher, esquenta em vez de esfriar. A única coisa que se apresenta prontamente são os seus desejos, que se materializam na imaginação e na escrita, mais cedo ou mais tarde, como o casal se amando na janela e a visita final. Porém, Malone já advertira sobre os perigos de ganhar o jogo:

> Diria que é um bom trabalho se não tivesse medo de me contradizer. Medo de me contradizer! Se isso continuar é a mim que vou perder

e aos mil caminhos que levam até lá. E me parecerei com esses desafortunados das fábulas, esmagados sob o peso do seu desejo atendido.

O impasse então resume-se ao seguinte: se Malone entrega-se às histórias, incluindo nelas a sua, e aceita-as, aceita uma falsificação. Se desiste, renuncia à única possibilidade de se aproximar da vida e da sua recompensa final, como ele a vê, ou seja, do seu "projeto de viver, e fazer viver, enfim, e de jogar enfim e de morrer vivo". Como ele sabe, embora às vezes queira esquecer e se deixar levar, a tentativa não pode dar certo. Daí não mais assumir a intenção "de ter sucesso, mas a de fracassar". E completa: "Há uma nuance." Toda a obra de Samuel Beckett, desde sua compreensão de que deveria trabalhar com a falha, a impotência e a ignorância no pós-guerra, não mais se afastará dessa escolha. Ter passado a escrever em francês inclui-se também na tentativa de empobrecimento dos seus meios de composição. Não o sucesso, mas o fracasso como modo de prosseguir.

A partir da diminuição de seus recursos de escritor, Beckett passa a escrever romances que vão de encontro a toda a trajetória do gênero até então. Note-se que o mínimo trabalhado por Beckett ganha um impulso de ampliação, desenvolvendo-se e desfazendo-se continuamente no texto. Mas ao se afastar do enredo, da coesão de personagens e do narrador, das regras de verossimilhança e plausibilidade, o escritor libera seu texto dos truques engendrados ao longo da história do romance, seja para representar "a vida como ela é", seja para manipular a criação de uma outra realidade ilusória.

A decisão de não mais adequar-se ao sucesso conduziu Samuel Beckett ao domínio de outros recursos criativos. Em *Malone morre*, todas as palavras usadas são rigorosamente necessárias para nos darmos conta da experiência que o livro proporciona. Neste romance, como na peça *Esperando Godot*, experimenta-se uma espera. Nele, no entanto, nada nem ninguém consegue aliviar a tensão do fim que é certo, mas que se ignora. Ao empilhar histórias, ações, descrições, personagens que não se completam, que não se desgarram do narrador, que não ganham *vida* própria, Malone fracassa. Ao fracassar, volta a si mesmo, à sua vida, sobre a qual nada sabe, à sua morte, que lhe escapa do controle, muito mais seriamente que qualquer de suas ficções. O que sobressai, mostra Wolfgang Iser no ensaio "Erasing Narration: Samuel Beckett's *Malone Dies* and *Texts for Nothing*", é a experiência da anulação de tudo, sem que se construa uma representação do nada ou da morte.

Iser mostra também como os atos de negação, numerosos no texto, provocam o surgimento de "realidades virtuais". Quanto mais veementes, mais se destaca o que pretendem anular. Essa dimensão da natureza performativa dos textos beckettianos apresenta-se em *Malone morre* do início ao fim, em todos os níveis, da narração à linguagem. As histórias descartadas, as ações e intenções contraditas não desaparecem, entram numa espécie de sombra disforme que deixa entrever outra coisa, contornos de um nada irrepresentável. Malone não se furta a essa indistinção: "É por isso que desisti de querer jogar e tornei meus para sempre o informe e o inarticulado, as hipóteses incuriosas, a obscuridade, a longa caminhada os braços à frente, o esconderijo."

Malone joga (toca, interpreta, representa, brinca — verbos que podem traduzir *jouer/play*) como virtuose da falha. De modo que não tem o menor receio de descartar o que escreve, seja paródia de romance burguês, social, sentimental, sejam descrições minuciosas, diálogos cheios de obviedades e subentendidos, mudanças de narrador através de cartas, poemas. Maior crítico de si mesmo, com os escrúpulos exacerbados, sabendo ser a sua última partida, Malone reconhece que tudo se equivale contra o pano de fundo do silêncio.

> E se algum dia me calar é que não haverá mais nada a dizer, mesmo que tudo não tenha sido dito, mesmo que nada tenha sido dito. Mas deixemos aí essas questões mórbidas e retornemos à do meu falecimento, daqui a dois ou três dias se não me falha a memória. Então estará acabado com Murphys, Merciers, Molloys, Morans e outros Malones, a menos que isso continue no além-túmulo.

É no momento do reconhecimento da equivalência e nulidade do que escreve, que Malone se mostra como personagem, perfilando-se com os dos romances anteriores e apagando qualquer dúvida quanto a seu status de narrador-narrado, para usar a expressão do próprio Beckett. Quando Malone desiste de separar sua criatura de si mesmo, despede-se e narra seu fim, narrando a aventura de Macmann, à mercê de outro violento, o enfermeiro Lemuel, mais um Malone. Apesar de todas as mortes descritas, permanecemos na ignorância da principal delas. Resta-nos a imagem da nau dos loucos, vogando para sempre nas páginas do caderno de Malone, no livro de Samuel Beckett, que vai, apesar de tudo, continuar.

Sobre a tradução

Malone morre tem duas traduções no Brasil. A primeira, de Roberto Ballalai, foi publicada em 1973, pela editora Opera Mundi. A segunda, de Paulo Leminski, foi publicada em 1986, pela Brasiliense, e reeditada em 2004, pela Códex. A de Roberto Ballalai tomou como texto-fonte *Malone meurt*, a de Paulo Leminski usou o texto em francês e, concomitantemente, o inglês.

Vale a pena mencionar que *Malone meurt* foi o primeiro texto a ser completamente traduzido do francês para o inglês por Beckett. *Molloy* fora traduzido a quatro mãos, em colaboração com o escritor sul-africano Patrick Bowles. Beckett se refere a essa experiência em carta de 5 de fevereiro de 1953 ao seu editor francês Jérôme Lindon: "De uma maneira geral, sei que não suportarei meu trabalho traduzido em inglês por outra pessoa. E revisar, como tento fazer agora, me faz ainda mais mal do que traduzi-lo eu mesmo, e por um resultado deplorável." De modo que, a partir de *Malone morre*, o escritor passa a se encarregar sozinho do trabalho de tradução, no caso autotradução, que o levará em pouco tempo à composição de uma obra bilíngue.

Para esta tradução, usei como texto-fonte o francês, sem descuidar de compará-lo com o inglês. Em 1996, comecei a estudar e traduzir a prosa de Samuel Beckett. Desde então tenho empregado esse tipo de cotejo, que auxilia o tradutor a escolher entre interpretações possíveis com o respaldo valioso do próprio autor. Minha liberdade, nessa comparação, limitou-se a escolhas específicas nos casos em que o mesmo trecho está presente nas duas línguas. O escritor fez vários cortes ao traduzir do francês para o inglês. Não o segui. Ative-me ao meu texto-fonte, *Malone meurt*. Se houvesse traduzido *Malone dies*, este *Malone morre* seria semelhante, mas ainda assim bastante diverso. O fato de ser bilíngue é uma das riquezas da obra de Samuel Beckett.

MALONE MORRE

Estarei em breve apesar de tudo completamente morto enfim. Talvez no mês que vem. Será então o mês de abril ou de maio. Pois o ano avançou pouco, mil pequenos indícios me dizem isso. Pode ser que me engane e que passe do São João e até do Quatorze de Julho, festa da liberdade. Que digo, sou capaz de chegar à Transfiguração, se bem me conheço, ou à Assunção. Mas não acredito, não acredito que me engane ao dizer que esses festejos terão lugar sem mim, este ano. Tenho esse sentimento, eu o tenho há alguns dias, e confio nele. Mas em que difere dos que abusam de mim desde que existo? Não, aí está um tipo de pergunta que não pega mais, comigo, não tenho mais necessidade do pitoresco. Morreria hoje mesmo, se quisesse, era só me esforçar um pouco, se pudesse querer, se pudesse me esforçar. Mas dá na mesma me deixar morrer, sem precipitar as coisas. Deve ter alguma coisa de diferente nisso. Não quero mais pesar na balança, nem de um lado nem do outro. Ficarei neutro e inerte. Isso será fácil. O importante é só prestar atenção aos sobressaltos. De resto me sobressalto menos desde que estou aqui. Ainda tenho evidentemente movimentos de impaciência de tempos em tempos. É deles que tenho de me defender neste momento, por quinze dias, três semanas. Sem exagerar nada é claro, chorando e rindo tranquilamente, sem me exaltar.

Sim, finalmente vou ser natural, sofrerei mais, depois menos, sem tirar conclusões disso, me escutarei menos, não serei mais nem frio nem quente, serei morno, morrerei morno, sem entusiasmo. Não vou me observar morrer, isso falsificaria tudo. Me observei viver? Já me queixei? Então por que me alegrar, neste momento? Estou contente, é inevitável, mas não a ponto de bater palmas. Sempre fiquei contente, sabendo que seria reembolsado. Aí está agora, meu velho devedor. É motivo de lhe fazer festa? Não responderei mais perguntas. Tentarei também não mais fazê-las. Vão poder me enterrar, não me verão mais na superfície. Daqui até lá vou me contar histórias, se puder. Não será mais o mesmo tipo de histórias que antigamente, é tudo. Não serão histórias nem bonitas nem feias, calmas, não haverá mais nelas nem feiura, nem beleza, nem febre, serão quase sem vida, como o artista. Que é que disse aí? Não faz mal. Me prometo muita satisfação, uma certa satisfação. Estou satisfeito, aí está, estou acabado, estou sendo reembolsado, não preciso mais de nada. Deixem-me dizer em primeiro lugar que não perdoo ninguém. Desejo a todos uma vida atroz e depois as chamas e o gelo do inferno e nas execráveis gerações por vir uma memória honrada. Basta por esta noite.

Desta vez sei para onde vou. Não é mais a noite de outrora, de há pouco. É um jogo agora, vou jogar. Não soube jogar até o momento. Tinha vontade, mas sabia que era impossível. Me dediquei apesar de tudo, com frequência. Acendia luzes por toda parte, observava bem ao meu redor, começava a jogar com o que via. As pessoas e as coisas só pedem para jogar, alguns animais também. Começou bem, vinham todos até mim, contentes que alguém quisesse jogar com eles. Se eu dizia, Agora preciso de um corcunda, chegava um de imediato, orgulhoso da bela corcova que ia fazer seu número. Não lhe passava pela cabeça que eu podia lhe pedir para tirar a roupa. Mas não demorava a me encontrar de novo sozinho, sem luz. É por isso que desisti de querer jogar e tornei meus para sempre o informe e o inarticulado, as hipóteses incuriosas, a obscuridade, a longa caminhada com os braços estendidos, o esconderijo. Esta é a seriedade da qual, em breve vai fazer um século, nunca por assim dizer me desviei. Agora isso vai mudar, não vou mais fazer outra coisa além de jogar. Não, não vou começar com um exagero. Mas vou jogar grande parte do tempo, daqui pra frente, a maior parte, se puder. Mas não terei talvez mais sucesso que antigamente. Vou talvez me sentir abandonado como antigamente, sem joguetes, sem luz. Então vou jogar totalmente só, farei como se me visse. Ter conseguido conceber um projeto desses me encoraja.

Devo ter refletido durante a noite sobre o meu horário. Acho que vou conseguir me contar quatro histórias, cada uma sobre um tema diferente. Uma sobre um homem, outra sobre uma mulher, uma terceira sobre uma coisa qualquer e uma enfim sobre um animal, um pássaro talvez. Acho que não esqueci nada. Vai ser bom. Talvez ponha o homem e a mulher na mesma, há tão pouca diferença entre um homem e uma mulher, quero dizer entre os meus. Talvez não tenha tempo de terminar. Por outro lado, talvez termine cedo demais. Aqui estou de novo nas minhas velhas aporias. Mas essas são aporias, das verdadeiras? Não sei. Que eu não termine, isso não tem importância. Mas e se terminar cedo demais? Sem importância também. Pois então vou falar das coisas que ficaram em minha posse, é um projeto muito antigo. Vai ser uma espécie de inventário. Isso de qualquer maneira devo deixar para os últimos momentos mesmo, para ter certeza de não ter me enganado. Aliás é uma coisa que farei seguramente, aconteça o que acontecer. Vai me tomar um quarto de hora no máximo. Quer dizer que poderia me tomar mais tempo, se eu quisesse. Mas caso o tempo me falte, no último momento, me bastaria um quartinho de hora para preparar meu inventário. Quero daqui pra frente ser claro sem ser maníaco, é um dos meus projetos. É claro que estou suscetível a me extinguir subitamente, de um momento para outro. Não seria melhor então se eu falasse das minhas posses sem mais demora? Não seria mais prudente? Livre para acrescentar correções no último minuto, se for o caso? Aí está o que a razão me aconselha. Mas a razão tem pouco poder sobre mim, neste momento. Tudo concorre para me encorajar. Mas morrer sem deixar um inventário, posso realmente me resignar a essa possibilidade? Aí estou de novo discutindo ninharias. É preciso supor que me resigno, já que vou correr esse risco. Toda a minha vida me segurei para não fazer esse balanço, dizendo a mim mesmo, Cedo demais, cedo demais. Pois bem, ainda é cedo demais. Toda a minha vida sonhei com o momento em que, fixado enfim, tanto quanto se pode estar antes de ter perdido tudo, poderia traçar a linha e fazer a soma. Este momento parece iminente. Nem por isso perderei meu sangue-frio. Então minhas histórias primeiro e em último lugar, se tudo correr bem, meu inventário. E começarei, para não vê-los mais, pelo homem e pela mulher. Será a primeira história, não há matéria para duas histórias. Não haverá então mais de três histórias afinal, a que acabei de indicar, depois a do animal, depois a da coisa, uma pedra sem dúvida. Tudo isso está muito claro. Em seguida me ocuparei das minhas posses. Se depois disso ainda viver, farei o necessário para ter certeza de não ter me enganado. Eis o que está decidido. Antigamente não sabia para onde ia, mas sabia que chegaria, sabia que cumpriria a longa etapa cega. Quantos mais ou menos, meu Deus. Tudo bem. É preciso jogar agora. Tenho dificuldade de me acostumar a essa ideia. A velha névoa me chama. Agora é o contrário que é preciso dizer. Pois esta rota bem traçada, sinto que talvez não a percorra até o fim. Mas tenho grande esperança. Me pergunto se estou perdendo tempo neste momento ou ganhando. Decidi também recordar brevemente minha situação atual, antes de começar minhas histórias. Acho que estou errado. É uma fraqueza. Mas vou deixar passar. Vou jogar com mais ardor ainda em seguida. Aliás será um complemento do inventário. A estética então está a meu favor, enfim uma certa estética. Pois será preciso ficar sério outra vez para poder falar das minhas posses. Eis então o tempo que me resta dividido em cinco. Em cinco o quê? Não sei. Tudo se divide em si mesmo, suponho. Se me ponho de novo a querer refletir vou estragar meu falecimento. Tenho de dizer que essa perspectiva tem algo de atraente. Mas estou alerta. Estou achando tudo atraente há alguns dias. Voltemos aos cinco. Situação atual, três histórias, inventário, aí está. Alguns interlúdios não devem ser excluídos. É um programa. Não me afastarei dele senão na medida em que não possa fazer de outro modo. Está decidido. Sinto que estou cometendo um erro enorme. Não faz mal.

Situação atual. Este quarto parece ser meu. Não posso explicar de outro modo que me deixem aqui. Faz tempo. A menos que um poder qualquer queira. Isso parece pouco verossímil. Por que os poderes teriam mudado em relação a mim? É melhor adotar a explicação mais simples, mesmo que seja pouco, mesmo que não explique grande coisa. A clareza grande não é necessária, uma luz fraca permite viver na estranheza, uma luzinha fiel. Talvez tenha herdado o quarto com a morte da pessoa que estava nele antes de mim. Não procuro ir mais longe em todo caso. Não é um quarto de hospital ou de manicômio, isso se sente. Apuro o ouvido em horas diversas do dia, sem nunca ouvir nada de suspeito ou inusitado, mas sempre os ruídos pacíficos do homem em liberdade, se levantando, se deitando, fazendo comida, indo e vindo, chorando e rindo, ou mesmo nada. E quando olho pela janela vejo bem, por certos indícios, que não estou numa casa de repouso qualquer. Não, é um quarto particular comum num edifício normal aparentemente. Não me lembro como cheguei aqui. Numa ambulância talvez, num veículo qualquer certamente. Me encontrei aqui um dia, na cama. Tendo sem dúvida perdido a consciência em algum lugar, me beneficio necessariamente de um hiato nas minhas lembranças, que só são retomadas com o meu despertar aqui. Quanto aos acontecimentos culminando no desmaio e aos quais ali na hora não devia estar insensível, não me resta nada, na cabeça, de inteligível. Mas quem não teve desses esquecimentos? Os dias seguintes à bebedeira costumam ser assim. Esses acontecimentos, às vezes me diverti inventando-os. Mas sem chegar a me divertir de verdade. Não cheguei tampouco a explicitar, para fazer disto um ponto de partida, minha última lembrança antes do meu despertar aqui. Estava andando certamente, andei toda a minha vida, exceto nos primeiros meses e desde que estou aqui. Mas no fim do dia não sabia onde tinha estado nem em que tinha pensado. De que poderia então me lembrar, e com quê? Me lembro de um clima. Minha juventude é mais variada, tal como a reencontro por vezes. Naquela época ainda não sabia muito bem me virar. Vivia numa espécie de coma. Perder a consciência para mim é perder pouca coisa. Mas talvez tenham me golpeado, numa floresta talvez, sim, agora que digo floresta me lembro vagamente de uma floresta. Tudo isso é passado. É o presente que preciso estabelecer, antes de ser vingado. É um quarto comum. Conheci poucos quartos, mas este aqui me parece comum. No fundo, se não me sentisse morrer, poderia crer que já estava morto, expiando meus pecados ou em uma das mansões do céu. Mas sinto enfim que meu tempo está sendo contado. Tinha mais a impressão do além-túmulo faz apenas seis meses. Se tivessem predito para mim que algum dia me sentiria viver dessa maneira, teria sorrido. Isso não seria notado, mas eu saberia que estava sorrindo. Me lembro bem desses últimos dias, me deixaram mais lembranças que os quase trinta mil precedentes.

O contrário teria sido menos surpreendente. Quando tiver feito meu inventário, se a minha morte não estiver pronta, escreverei minhas memórias. Olhe aí, fiz uma piada. Tudo bem, tudo bem. Tem um armário no qual nunca olhei. Minhas posses estão num canto, amontoadas. Com meu bastão comprido, posso remexer nelas, trazê-las até mim, colocá-las de volta no lugar. Minha cama está perto da janela. Fico voltado para ela a maior parte do tempo. Vejo telhados e o céu, um pedaço de rua também se fizer um grande esforço. Não vejo nem campos nem montanhas. Estão próximos entretanto. Afinal o que sei deles? Também não vejo o mar, mas o ouço quando está cheio. Consigo ver um quarto da casa da frente. Ali se passam às vezes coisas estranhas. As pessoas são estranhas. Talvez se trate de anormais. Eles também devem me ver, minha cabeçorra hirsuta contra o vidro. Nunca tive tanto cabelo como atualmente, nem tão comprido, digo isso sem medo de ser desmentido. Mas à noite não me veem, porque nunca acendo a luz. Fiquei um pouco interessado nas estrelas aqui. Mas não consigo me achar nelas. Observando-as uma noite, de repente me vi em Londres. É possível que eu tenha me impelido até Londres? Em compensação a lua se tornou familiar. Conheço bem agora suas mudanças de aparência e órbita, sei mais ou menos as horas em que posso procurá-la no céu e as noites em que não virá. Que mais? As nuvens. São muito variadas, na verdade de grande variedade. E todas as espécies de pássaros. Vêm até o parapeito da janela, pedir comida! É comovente! Batem no vidro, com o bico. Nunca lhes dei nada. Mas sempre vêm. O que esperam? Não são urubus. Não só me deixam aqui, mas se ocupam de mim! Eis como isso se passa agora. A porta se entreabre, uma mão pousa um prato sobre a mesinha que se encontra ali com este fim, leva o prato da véspera, e a porta se fecha outra vez. Fazem isso por mim todos os dias, na mesma hora provavelmente. Quando quero me revigorar engancho a mesa com o meu bastão e trago-a até mim. Tem rodinhas, rola para mim rangendo e sacudindo-se pra lá e pra cá. Quando não preciso mais dela, mando-a de volta para perto da porta. É sopa. Devem saber que não tenho mais dentes. Tomo uma vez a cada duas, uma a cada três, em média. Quando meu penico está cheio, coloco-o na mesa ao lado do prato. Então passo vinte e quatro horas sem penico. Não, tenho dois penicos. Tudo está previsto. Estou nu na cama, direto nas cobertas, cujo número aumento e diminuo conforme as estações. Nunca tenho calor, nunca frio. Não me lavo, mas não me sujo. Se me sinto sujo em alguma parte esfrego o lugar com o dedo úmido de saliva. O essencial é se alimentar e eliminar, se você quiser aguentar. Penico, tigela, eis os polos. No começo as coisas se passavam de outro modo. A mulher entrava no quarto, se azafamava ao meu redor, se informava das minhas necessidades, das minhas vontades. Acabei apesar de tudo por lhe fazer entendê-las, minhas necessidades e vontades. Me deu trabalho. Ela não entendia. Até o dia em que achei os termos, os acentos, adequados a seu caso. Tudo isso deve ser metade imaginário. Foi ela que me arranjou este bastão comprido. É provido de um gancho. Graças a ele posso controlar até os cantos mais distantes da minha morada. Como é grande a minha dívida para com os bastões. Por isso quase esqueço os golpes que me transmitiram. É uma mulher velha. Não sei por que é boa para mim. Sim, chamemos isso de bondade, sem picuinhas. Para ela certamente é bondade. Acredito que seja ainda mais velha que eu. Mas sobretudo menos bem conservada, apesar da sua mobilidade. Talvez faça parte do quarto, de algum jeito. Nesse caso não exige um estudo à parte. Mas não se exclui que faça o que faz por caridade ou por um sentimento menos geral de piedade ou de afeição a meu respeito. Tudo é possível, vou acabar acreditando. Mas é mais cômodo supor que ela tenha sido devolvida para mim do mesmo modo que o quarto. Não vejo mais nada dela a não ser a mão descarnada e um pedaço da manga. Nem isso, nem isso. Talvez já esteja morta, precedendo-me nisso, talvez seja uma outra mão que põe e tira minha mesa atualmente. Não sei há quanto tempo estou aqui, deveria ter dito. Só sei que já era muito velho antes de me encontrar aqui. Digo que sou nonagenário, mas não posso provar. Talvez seja apenas quinquagenário, ou quadragenário. Faz uma eternidade que não conto mais, os meus anos quero dizer. Sei o ano do meu nascimento, não o esqueci, mas não sei a que ano cheguei. Mas acredito estar aqui há um bom tempo. Pois sei bem o que podem contra mim, ao abrigo destas paredes, as diversas estações. Isso não se aprende em um ou dois anos. Dias inteiros me pareceram contidos entre duas piscadelas. Falta acrescentar alguma coisa? Algumas palavras talvez sobre mim. Meu corpo é o que se chama, talvez com leviandade, impotente. Não consegue por assim dizer mais nada. Me faz falta às vezes não poder mais me arrastar. Mas sou pouco inclinado à nostalgia. Meus braços, uma vez no lugar, ainda podem exercer força, mas me dá trabalho dirigi-los. Talvez o núcleo rubro tenha empalidecido. Tremo um pouco, mas só um pouco. O gemido do estrado faz parte da minha vida, não gostaria que cessasse, quero dizer que não gostaria que diminuísse. É de costas, quer dizer prostrado, não, virado, que estou melhor, é assim que fico menos ossudo. Fico de costas, mas a bochecha fica no travesseiro. É só abrir os olhos para recomeçarem o céu e a fumaça dos homens. Vejo e escuto muito mal. A vastidão só é iluminada por reflexos, é para mim que os sentidos estão apontados. Mudo, obscuro e insosso, não sou mais para eles. Estou longe dos ruídos do sangue e do fôlego, segregado. Não vou falar dos meus sofrimentos. Metido no mais profundo deles, não sei nada. É aí que morro, à revelia de minha carne estúpida. O que se vê, o que grita e se agita, são os restos. Eles se ignoram. Em alguma parte dessa confusão o pensamento se obstina, longe de dar conta também. Ele também me procura, como desde sempre, ali onde não estou. Ele também não sabe se acalmar. Para mim basta. Que ele passe a outros sua fúria de agonizante. Enquanto isso ficarei tranquilo. Esta parece ser a minha situação.

O homem se chama Saposcat. Como seu pai. Primeiro nome? Não sei. Não terá necessidade. Os familiares o chamam de Sapo. Quais? Não sei. Algumas palavras sobre a sua juventude. É necessário.

Foi um rapaz precoce. Era pouco dotado para os estudos e não via utilidade naqueles que o faziam fazer. Assistia às aulas, a mente em outro lugar, ou vazia.

Assistia às aulas, a mente em outro lugar. Mas gostava de cálculo. Mas não gostava da maneira como o ensinavam. Era o manejo de números concretos que lhe dava prazer. Todo cálculo no qual a natureza da unidade não fosse especificada lhe parecia ocioso. Se entregava, pública ou privadamente, ao cálculo mental. E as cifras que então manipulava na cabeça a povoavam de cores e formas.

Que tédio.

Ele era o mais velho. Seus pais eram pobres e doentios. Ele os ouvia com frequência falar do que era preciso fazer para ter uma saúde melhor e mais dinheiro. Ele ficava impressionado toda vez pela vagueza desses propósitos e não se surpreendia que nunca fossem adiante. Seu pai era vendedor numa loja. Dizia a sua mãe, Vou ter que arrumar trabalho para as noites e as tardes de sábado. Acrescentava, com uma voz débil, e os domingos. A mulher respondia, Mas se você trabalhar mais vai cair doente. E o sr. Saposcat tinha de convir que de fato seria um erro não descansar aos domingos. Aí estão pelo menos pessoas crescidas. Mas não era enfermo a ponto de não poder trabalhar nas noites da semana e nas tardes de sábado. Trabalhar em quê? dizia sua mulher. Em escrituras talvez, ele respondia. E quem vai tomar conta do jardim? dizia sua mulher. A vida dos Saposcat era cheia de axiomas, um dos quais estabelecia o absurdo criminoso de um jardim sem rosas, com seus gramados e aleias mal cuidados. E se plantasse legumes, dizia ele. Comprar custa menos, dizia ela. Sapo escutava essas conversas maravilhado. Pense no preço do esterco, dizia sua mãe. No silêncio que se seguia o sr. Saposcat ficava refletindo, com aquela concentração que levava a tudo que fazia, sobre o alto preço do esterco que o impedia de dar aos seus uma vida um pouco mais farta, enquanto sua mulher se acusava, por sua vez, de não dar o máximo de que era capaz. Mas ela se deixava facilmente convencer que não conseguiria fazer mais sem pôr seus dias em perigo. Pense nos honorários médicos que economizamos, dizia o sr. Saposcat. E nos remédios, dizia sua mulher. Não restava mais nada além de considerar uma casa mais modesta. Mas já estamos apertados, dizia a sra. Saposcat. E ficava subentendido que ficariam ainda mais a cada ano, até o dia em que, a saída dos mais velhos compensando a chegada dos recém-nascidos, uma espécie de equilíbrio fosse estabelecida. Em seguida a casa se esvaziaria pouco a pouco. E finalmente ficariam sós, com suas lembranças. Seria então o tempo de se mudarem. Ele estaria aposentado, ela no fim das forças. Iriam morar num chalé no campo onde, não tendo mais necessidade de esterco, poderiam comprar carregamentos dele. Seus filhos, sensíveis aos sacrifícios feitos por eles, viriam em seu auxílio. Era assim em pleno sonho que esses colóquios terminavam com mais frequência. Parecia que os Saposcat tiravam a força de viver da perspectiva de sua impotência. Mas às vezes, antes de chegar lá, se debruçavam sobre o caso do filho mais velho. Quantos anos tem? perguntava o sr. Saposcat. Sua mulher fornecia a informação, estava combinado que isso era de sua alçada. Ela se enganava sempre. O número errado, o sr. Saposcat o retomava por conta própria, repetia-o várias vezes, em voz baixa e com espanto, como se fosse o caso do aumento de um gênero de primeira necessidade, como a carne do açougue. E ao mesmo tempo procurava na aparência do filho atenuantes para o que acabara de saber. Tratava-se pelo menos de um bom pedaço? Sapo olhava para o rosto de seu pai, triste, atônito, afetuoso, desapontado, confiante apesar de tudo. Sonhava com a fuga implacável dos anos ou com o tempo que faltava para o filho se tornar um assalariado? Às vezes exprimia com enfado o desgosto de que o filho não se apressasse mais em se tornar útil. É melhor que se prepare para seus exames, dizia a mulher. A partir de um dado tema seus cérebros labutavam em uníssono. Não tinham portanto uma conversa propriamente dita. Usavam a palavra um pouco como o chefe do trem usa suas bandeiras, ou sua lanterna. Ou então diziam a si mesmos, Vamos descer aqui. O filho uma vez designado, se perguntavam com tristeza se não era próprio de espíritos superiores fracassar no escrito e se cobrir de ridículo no oral. Nem sempre se contentavam em contemplar em silêncio a mesma paisagem. A saúde dele pelo menos é boa, dizia o sr. Saposcat. Nem tanto, dizia sua mulher. Mas nada explícito, dizia ele. Na sua idade seria o cúmulo, dizia ela. Não sabiam por que ele estava votado a uma profissão liberal. Aí estava mais uma coisa que simplesmente era assim. Era consequentemente inconcebível que fosse inapto para isso. Viam-no médico de preferência. Vai cuidar de nós quando ficarmos velhos, dizia a sra. Saposcat. E seu marido respondia, Vejo-o mais como cirurgião, como se a partir de uma certa idade as pessoas fossem inoperáveis.

Que tédio. E chamo isso de jogar. Me pergunto se não é ainda de mim que se trata, apesar das minhas precauções. Vou ser incapaz, até o fim, de mentir sobre outra coisa? Sinto acumular-se aquele escuro, acomodar-se aquela solidão, nos quais me reconheço, e me chamar aquela ignorância que poderia ser bela e é só covardia. Não sei muito bem o que digo. Não é assim que se joga. Em breve não saberei mais de onde ele sai, meu pequeno Sapo, nem o que ele espera. Talvez fosse melhor deixar essa história e passar para a segunda, ou mesmo a terceira, a da pedra. Não, seria a mesma coisa. Só tenho que prestar mais atenção. Vou refletir bem sobre o que disse antes de ir além. A cada ameaça de desastre vou parar para me examinar tal como estou. É justamente isso que queria evitar. Mas é sem dúvida o único meio. Depois desse banho de lama saberei admitir melhor um mundo que eu não manche. Que maneira de raciocinar. Vou abrir meus olhos, me ver tremer, engolir minha sopa, olhar o montinho das minhas posses, dar ao meu corpo as velhas ordens que sei que é incapaz de executar, consultar minha consciência caduca, estragar minha agonia para vivê-la melhor, já longe do mundo que se dilata enfim e me deixa passar.

Tentei refletir sobre o começo da minha história. Há coisas que não compreendo. Mas é insignificante. Só tenho que continuar.

Sapo não tinha amigos. Não, assim não dá.

Sapo se dava bem com seus coleguinhas, sem ser exatamente amado por eles. Raramente o burro é um solitário. Boxeava e lutava bem, era rápido na corrida, falava mal dos professores com humor e até quando tinha oportunidade lhes respondia com insolência. Rápido na corrida? E essa agora. Assediado por perguntas gritou um dia, Mas se já disse que não sei! Passava a maior parte do tempo na escola por causa das tarefas e castigos, só voltando para casa com frequência por volta das oito da noite. Submetia-se com filosofia a esses vexames. Mas não deixava que lhe batessem. A primeira vez que um professor, esgotadas as palavras meigas e razões, avançou para Sapo de palmatória em punho, ele a arrancou de suas mãos e jogou pela janela, que estava fechada, por causa do inverno. Havia ali matéria para expulsão. Mas Sapo não foi expulso nem então nem mais tarde. Vou procurar com a cabeça descansada as razões pelas quais Sapo não foi expulso, quando merecia amplamente ser. Pois quero o mínimo possível de sombra, na sua história. Uma pequena sombra, em si, ali na hora, não é nada. Não se pensa mais nisso, continua-se, na claridade. Mas conheço a sombra, ela se acumula, se torna mais densa, depois de repente explode e afoga tudo.

Não consegui saber por que não foi expulso. Vou ser obrigado a deixar essa questão em suspenso. Tento não me alegrar com isso. Depressa vou afastá-lo, meu Sapo, dessa indulgência incompreensível, vou fazê-lo viver como se tivesse sido punido por seus próprios méritos. Daremos as costas a essa nuvenzinha, mas ficaremos de olho nela. Ela não vai cobrir o céu à nossa revelia, não levantaremos os olhos de repente, em pleno campo, longe de qualquer abrigo, para um céu preto retinto. Aqui está o que decidi. Não vejo outra solução. Tento fazer o melhor.

Aos quatorze anos era um garoto carnudo, rosado. Tinha punhos e tornozelos grossos, o que fazia sua mãe dizer que um dia seria maior que o pai. Dedução curiosa. Mas o que tinha de mais impressionante era a grande cabeça redonda de cabelos louros, duros e eriçados como os pelos de uma escova. Nem mesmo seus professores podiam deixar de notar nele uma cabeça inteligente e para eles era ainda mais penoso não conseguir inserir nada ali. Nos surpreenderá a todos um dia, dizia seu pai, quando estava de bom humor. Era graças ao crânio de Sapo que devia ter conseguido formar essa opinião e conseguia mantê-la, contra a maré. Mas suportava mal o olhar de seu filho e evitava encontrá-lo. Tem seus olhos, dizia a mulher. Então o sr. Saposcat ansiava por ficar sozinho, para poder inspecionar seus olhos no espelho. Eram azuis se tanto. Um pouco mais claros, dizia a sra. Saposcat.

Sapo amava a natureza, se interessava

Que desgraça!

Sapo amava a natureza, se interessava pelos animais e pelas plantas e levantava de bom grado os olhos para o céu, de dia e de noite. Mas não sabia olhar para essas coisas, os olhares pródigos que lhes dava não lhe ensinavam nada sobre elas. Confundia os pássaros entre si, e as árvores, e não chegava a distinguir os cereais uns dos outros. Não associava o açafrão à primavera nem os crisântemos ao fim do outono. O sol, a lua, os planetas e as estrelas, não colocavam problemas para ele. Essas coisas estranhas e por vezes belas, que teria a vida inteira ao seu redor e sobre as quais o conhecimento o tentava de vez em quando, ele aceitava com uma espécie de alegria não entender nada delas, como tudo que vinha inflar o murmúrio, É um simplório. Mas amava o voo do gavião e sabia reconhecê-lo entre todos. Imóvel seguia com os olhos os longos voos planados, a espera trêmula, as asas se levantando para a queda a prumo, a nova subida impetuosa, fascinado por tanta necessidade, orgulho, paciência, solidão.

Não vou desistir ainda. Terminei a sopa e mandei a mesinha de volta para o seu lugar perto da porta. Uma das duas janelas da casa em frente acaba de se acender. Por duas janelas quero dizer as que vejo sempre, sem levantar a cabeça do travesseiro. Para falar a verdade não são duas janelas inteiras, mas uma inteira e apenas parte da outra. Foi esta última que acabou de se acender. Por um momento pude ver a mulher indo e vindo. Depois ela puxou as cortinas. Até amanhã não vou vê-la mais, sua sombra talvez de tempos em tempos. Nem sempre ela puxa as cortinas. O homem ainda não voltou para casa. Ordenei certos movimentos a minhas pernas, a meus pés. Conheço-os tão bem que pude sentir o esforço que fizeram para me obedecer. Vivi com eles esse pequeno espaço de tempo em que todo um drama se dá, entre a mensagem recebida e a resposta consternada. Para os cachorros velhos chega a hora em que, ao ouvir o assobio do dono indo embora bastão na mão, não conseguem mais se precipitar correndo. Então ficam na casinha, ou no cesto, embora não estejam presos, e ouvem os passos se afastarem. O homem também fica triste. Mas o ar livre e o sol o consolam depressa, não pensa mais no velho companheiro, até a noite. As luzes de sua casa lhe desejam as boas-vindas e um latido fraco faz com que diga, É hora de mandar sacrificá-lo. Aí está um trecho bonito. Vai ficar ainda melhor já já. Vou remexer um pouco nas minhas coisas. Depois vou meter a cabeça debaixo das cobertas. Em seguida vai ficar melhor, para Sapo e para aquele que o segue, que quer apenas segui-lo e se deixar guiar por ele, por caminhos claros e toleráveis.

A calma e os silêncios de Sapo não eram feitos para agradar. Em meio a tumultos, na escola e na família, ficava imóvel no lugar, com frequência em pé, e olhava direto à sua frente com olhos claros e fixos como os de uma gaivota. Era de se perguntar em que podia cismar assim, horas a fio. Seu pai supunha que estava perturbado pelo despertar do sexo. Com dezesseis anos eu era parecido, dizia ele. Com dezesseis anos você já ganhava a vida, dizia sua mulher. É verdade, dizia o sr. Saposcat. Os professores dele viam nisso um embotamento puro e simples. Sapo deixava o queixo cair e respirava pela boca. Não se percebia muito bem em que essa expressão era incompatível com pensamentos eróticos. Mas efetivamente ele cismava menos nas moças que nele, na vida dele, a vida dele por vir. Existe nisso coisa de sobra para fazer cair o queixo de um rapaz clarividente e sensível, e lhe entupir temporariamente o nariz. Mas vou me conceder uma pequena pausa, para maior segurança.

Os olhos de gaivota me deixam desconfortável. Me recordam um velho naufrágio, não me recordo qual. É um detalhe evidentemente. Mas me tornei medroso. Conheço essas frasezinhas que não parecem de nada e que, uma vez admitidas, podem empestar toda uma língua. *Nada é mais real que nada.*[1] Saem do abismo e não param até arrastarem você para lá. Mas desta vez saberei me defender delas.

Naquela época lamentava não ter conseguido aprender a arte de pensar, a começar por dobrar o segundo e o terceiro dedos a fim de pousar melhor o indicador sobre o sujeito e sobre o verbo o mindinho, como queria o professor de latim, e de não entender nada, ou tão pouco, da algaravia de dúvidas, desejos, imaginações e medos que se desfraldava em sua cabeça. E munido de um pouco menos de força e coragem ele também teria desistido, renunciando a saber de que modo era feito e ia conseguir viver, e vivendo derrotado, cego, num mundo insensato, em meio a estranhos.

Desses devaneios saía cansado e pálido, o que confirmava a impressão de seu pai de que era objeto de especulações lascivas. Devia praticar mais esportes, dizia ele. Está indo, está indo. Me dis-

1. Citação do filósofo pré-socrático Demócrito de Abdera. Uma das citações preferidas de Beckett, já presente no romance de 1938, *Murphy*. (N.T.)

seram que daria um bom atleta, dizia o sr. Saposcat, e agora não faz mais parte de nenhum time. Os estudos lhe tomam todo o tempo, dizia a sra. Saposcat. E é sempre o último, dizia o sr. Saposcat. Adora caminhar, dizia a sra. Saposcat, as longas caminhadas lhe fazem bem. O sr. Saposcat então caçoava, ao pensar no bem que faziam a seu filho as longas caminhadas solitárias. E bancava às vezes o sonso a ponto de dizer, Seria sem dúvida melhor que lhe dessem um trabalho manual. Aí era comum, mas não obrigatório, que Sapo se afastasse, enquanto sua mãe exclamava, Oh, Adrien, você o magoou!

Está indo. Nada se parece menos comigo que esse pivete razoável e paciente, se esforçando sozinho durante anos para se enxergar com um pouco de clareza, ávido pelo menor lampejo, fechado ao apelo da sombra. Aí está realmente o ar leve e magro que me faltava, longe da névoa nutritiva que acaba comigo. Não voltarei mais a essa carcaça senão para saber sua hora. Quero estar lá um pouco antes do mergulho, fechar sobre mim pela última vez a velha e querida escotilha, dizer adeus aos compartimentos onde vivi, afundar com o meu refúgio. Sentimental, pois é. Mas daqui até lá tenho tempo de me divertir, em terra, nesta valorosa companhia que sempre desejei, sempre busquei, e que nunca quis saber de mim. Sim, estou tranquilo agora, sei que a partida está ganha, perdi todas as outras, mas é a última que conta. Diria que é um bom trabalho se não tivesse medo de me contradizer. Medo de me contradizer! Se isso continuar é a mim que vou perder e aos mil caminhos que levam até lá. E me parecerei com esses desafortunados das fábulas, esmagados sob o peso do seu desejo atendido. E até sinto uma estranha vontade me tomar, a de saber o que estou fazendo, e por quê, e dizê-lo. Assim atinjo o objetivo a que me propus nos anos de juventude e que me impediu de viver. E às vésperas de não existir mais chego a ser um outro. O que tem lá seu sabor.

As férias de verão. De manhã tinha aulas particulares. Você vai nos levar à miséria, dizia a sra. Saposcat. É um bom investimento, respondia seu marido. À tarde saía, os livros embaixo do braço, sob o pretexto de trabalhar melhor ao ar livre, não, sem explicação. Ao sair da cidade escondia os livros embaixo de uma pedra e percorria os campos. Era a estação em que os trabalhos dos camponeses atingem o paroxismo e a lenta e generosa claridade não é suficiente para tudo o que há a fazer. E com frequência se aproveitavam da luz da lua para fazer uma última viagem entre os campos, com frequência distantes, e o celeiro ou a eira, ou para revisar as máquinas e aprontá-las para a aurora iminente. A aurora iminente.

Adormeci. Ora, não faço questão de dormir. Não há mais lugar para o sono no meu horário. Não faço questão — mas não tenho explicações a dar. O coma é bom para os vivos. Todos sempre me sobrecarregaram, não é a palavra, eu os seguia com os olhos, gemendo de tédio, depois os matava, ou tomava o lugar deles, ou fugia. Sinto em mim o calor desse velho frenesi, mas sei que não vai me incendiar mais. Paro tudo e espero. Sapo se imobiliza sobre uma perna, seus estranhos olhos fechados. A agitação que o ilumina se fixa em mil poses absurdas. A nuvenzinha que passa diante do glorioso sol deles escurecerá a terra pelo tempo que eu desejar.

Viver e inventar. Tentei. Devo ter tentado. Inventar. Não é a palavra. Viver também não. Não faz mal. Tentei. Enquanto em mim ia e vinha a grande fera da seriedade, irando-se, rugindo, retalhando-me. Fiz isso. Completamente só também, bem escondido, banquei o bobo, completamente só, durante horas, imóvel, com frequência em pé, na posição de um enfeitiçado, gemendo. É isso, gemidos. Não soube jogar. Dava voltas, batia as mãos, corria, gritava, me via perder, me via ganhar, exultando, sofrendo. Depois de repente me jogava sobre os instrumentos do jogo, se havia algum, para destruí-los, ou sobre uma criança, para fazer sua felicidade virar urros, ou fugia, corria depressa para me esconder. Eles me perseguiam, os grandes, os justos, me agarravam, me batiam, me faziam entrar na roda, no jogo, na alegria. É que eu já caíra na rede da seriedade. Foi minha grande doença. Nasci grave como outros sifilíticos. E foi gravemente que tentei não mais ser assim, viver, inventar, eu me compreendo. Mas a cada nova tentativa perdia a cabeça, me precipitava como que para a salvação nas minhas trevas, me lançava aos joelhos daquele que não pode nem viver nem suportar esse espetáculo nos outros. Viver. Falo disso sem saber o que quer dizer. Tentei sem saber o que estava tentando. Talvez tenha vivido afinal, sem saber. Me pergunto por que estou falando de tudo isso. Ah sim, é para me desentediar. Viver e fazer viver. Não vale a pena indiciar as palavras. Não são mais ocas do que o que carregam. Depois do fracasso, o consolo, o descanso, recomeçava, a querer viver, fazer viver, ser outro, em mim, num outro. Como tudo isso é falso. Nunca me deparei com nada parecido. Estou me dedicando agora ao mais urgente. Recomeçava. Mas pouco a pouco com outra intenção. Não mais a de ter sucesso, mas a de fracassar. Há uma nuance. Aquilo a que queria chegar, ao me içar para fora do buraco primeiro, depois na luz fustigante em direção a alimentos inacessíveis, era aos êxtases da vertigem, do abandono, da queda, do engolfamento, do retorno ao escuro, ao nada, à seriedade, a casa, àquele que me esperava sempre, que tinha necessidade de mim e de quem eu tinha necessidade, que me tomava nos braços e me dizia para não partir, que me cedia o lugar e velava por mim, que sofria cada vez que o deixava, que muito fiz sofrer e pouco contentei, que nunca vi. Aí estou começando a me exaltar. Não é de mim que se trata, mas de um outro, que não vale o que valho e a quem tento invejar, sobre quem estou enfim em condição de contar as aventuras chatas, não sei como. Eu também não, nunca soube contar sobre mim, não mais que viver ou contar sobre os outros. Como teria feito isso, sem nunca ter tentado? Me mostrar agora, às vésperas de desaparecer, ao mesmo tempo que o estranho, graças à mesma graça, aí está o que não seria desprovido de tempero. Depois viver, o tempo de sentir, por trás dos meus olhos fechados, fecharem-se outros olhos. Que fim.

O mercado. A imperfeição das relações entre o campo e a cidade não tinha escapado ao excelente rapaz. Tinha reunido, a esse respeito, as seguintes considerações, umas próximas talvez, outras sem dúvida distantes, da verdade.

No seu país, no plano alimentar, os — não, não consigo.

Os camponeses. Suas visitas aos camponeses. Não consigo. Reunidos no pátio eles o viam afastar-se com o passo dúbio, incerto, como se os pés sentissem mal o solo. Com frequência parava, para partir de novo, depois de um tempo de permanência instável, nas direções mais inesperadas. Havia no seu andar alguma coisa de flutuante, inerte, a terra parecia balançá-lo. E quando se punha de novo em movimento, depois de uma parada, fazia pensar numa grande penugem que um sopro arranca do lugar onde pousou.

Remexi um pouco nas minhas coisas, separando umas das outras e trazendo-as até mim, para vê-las melhor. Não me enganei tanto ao acreditar possui-las realmente, na minha cabeça, e poder falar delas, de uma hora para outra, sem olhá-las. Mas queria ter certeza. Fiz bem. Pois sei agora que a imagem desses objetos com os quais me comprazia até o momento, se era precisa no conjunto, não era assim no detalhe. Ora, não faço questão de perder esta ocasião única em que uma espécie de verdade se anuncia possível e, por isso mesmo, quase se impõe. Quero que aqui enfim cada mais ou menos seja banido. Quero estar à altura, quando chegar o grande dia, de anunciar claramente, sem nada acrescentar ou omitir, tudo o que essa longa espera me trouxe, e deixou, em termos de bens materiais. Isso deve ser uma obsessão.

Então vejo que atribuí a mim certos objetos que não estão mais em minha posse, segundo o que estou vendo. Teriam rolado para trás de um móvel? Isso me surpreenderia. Um sapato, por exemplo, pode rolar para trás de um móvel? E no entanto não vejo mais que um só sapato. E para trás de que móvel? Há neste quarto, que eu saiba, um só móvel suscetível de se interpor entre mim e minhas posses, estou falando do armário. Mas está de tal modo colado na parede, nas duas paredes, pois fica no canto, que parece fazer parte delas. Você vai me dizer talvez que a minha botina, pois era uma espécie de botina, está no armário. Tive o mesmo pensamento. Mas o visitei, o armário, meu bastão o visitou, abrindo as portas, as gavetas, possivelmente pela primeira vez, e vasculhando por toda parte. Nada. E o armário, longe de conter a minha botina, está vazio. Não, essa botina, não a tenho mais, nem certos objetos de menor valor, entre os quais um anel de zinco, com um belo brilho, que acreditava ter conservado. Por outro lado, constatei a presença, no monte, de pelo menos duas ou três coisas em que não pensava mais e uma pelo menos, um fornilho de cachimbo, não me desperta nenhuma lembrança. Não me lembro de ter fumado um cachimbo de tabaco algum dia. Me lembro de um cachimbo de sabão do qual, menino, antes de atirá-lo para longe de mim, fazia sair bolhas irisadas, não mais que isso. Pouco importa, esse fornilho agora é meu, de onde quer que venha. Uma quantidade dos meus tesouros são dessa proveniência, caídos do céu. Descobri também um pacotinho embrulhado em papel-jornal amarelo e amarrado com barbante. Me diz algo, mas o quê? Trouxe-o para bem perto de mim, ao lado da cama, e o tateei com a ponta grossa do bastão, me servindo dele como de um pilão, mas suavemente. E minha mão compreendeu, compreendeu a maciez e a leveza, melhor, acho, do que se o tivesse tocado diretamente, apalpando e sopesando. Não quis desfazê-lo, não sei por quê. Mandei-o de volta para o canto, com o resto. Falarei dele de novo, quando chegar a hora. Vou dizer, me ouço desde aqui, Item, um pacotinho, macio, e leve como uma pluma, amarrado com barbante num papel-jornal. Será meu misteriozinho, todo meu. Talvez seja um maço de rupias.[2] Ou uma mecha de cabelos.

Também disse a mim mesmo que preciso ir mais depressa. As vidas verdadeiras não toleram esse excesso de circunstância. É aí que espreita o maligno, como na prega da próstata o gonococo. Tenho pressa. É de lá que surge um dia, quando tudo sorri e brilha, a enorme cavalgada de nuvens negras e baixas, inesquecível, levando o azul para sempre. Minha situação é delicada de verdade. Quantas coisas belas, coisas importantes, vou perder por medo, por medo de cair no velho erro, por medo de não terminar a tempo, por medo de desfrutar, uma última vez, de uma última onda de tristeza, de impotência e ódio. As formas são variadas nas quais o imutável se consola de ser sem forma. Pois é, sempre estive sujeito a pensamentos profundos, especialmente no começo do ano. Esse me atormentava há alguns minutos. Ouso esperar que não faça mais isso, com tanta profundidade. Afinal pouco importa terminar, devo dizer. A veleidade não tem em si nada de especialmente desonroso. Mas se trata disso? Pode ser. Quero apenas que o meu último fale até o fim de viver, devo ter mudado de opinião. É tudo. Me compreendo. Se a vida chegar a faltar, vou sentir. Quero

2. Em francês, "*un lack de roupies*"; em inglês "*a lakh of rupees*". As palavras "*lack*" e "*lakh*" designam a quantidade de cem mil rupias. (N.T.)

apenas saber, sobre aquele que fez começos tão promissores, antes de o abandonar, que só a minha morte o impede de continuar, de vencer, perder, desfrutar, sofrer, apodrecer e morrer, e que mesmo comigo vivo teria esperado, para morrer, que o seu corpo morresse. Aí está o que se chama moderar as exigências.

Meu corpo ainda não se decide. Mas acho que pesa mais sobre o colchão, se estende e se achata. Minha respiração, quando a reencontro, enche o quarto com o seu ruído, sem que meu peito se mexa mais do que o da criança que dorme. Abro os olhos e fito longamente, sem piscar, como de pequeno, bem pequeno, sondava as novidades, e depois as antiguidades, o céu noturno. Entre mim e ele a vidraça, embaçada, marmorizada com as manchas dos anos. Respiraria em cima dela com prazer, mas está longe demais. Não é verdade. Pouco importa, minha respiração não iria desbotá-la. É uma noite daquelas que Kaspar David Friedrich adorava, tempestuosa e clara. Esse nome que me vem, e esses prenomes. As nuvens se dissipam, esfarrapadas, esgarçadas pelo vento, sobre um fundo límpido. Se tivesse paciência, veria a lua. Mas não terei. Agora que vi, ouço o vento. Fecho os olhos e ele se confunde com a minha respiração. Palavras e imagens em turbilhão na minha cabeça, surgem inesgotáveis e se perseguem, se fundem, se despedaçam. Mas para além deste tumulto a calma é grande, e a indiferença. Nunca mais nada vai feri-la de verdade. O colchão está cavo feito uma gamela. Estou deitado no fundo, bem preso entre as duas vertentes. Me viro um pouco, pressiono o travesseiro com a minha boca, meu nariz, esmago nele meus pelos velhos completamente brancos agora suponho, puxo o cobertor por cima da cabeça. Sinto, no fundo do tronco, não consigo ser mais preciso, dores que parecem novas. Acredito serem sobretudo nas costas. São como que ritmadas, têm até uma espécie de musiquinha. São azuladas. Que tudo isso seja suportável, meu Deus. Estou com a cabeça quase ao contrário, como um pássaro. Separo os lábios, agora tenho o travesseiro na boca, eu o sinto contra a língua, as gengivas. Tenho, tenho. Chupo. Terminei de procurar por mim. Estou enterrado no universo, sabia que um dia encontraria meu lugar nele, o velho universo me protege, vitorioso. Estou feliz, sabia que seria feliz um dia. Mas não sou sábio. Pois a sabedoria, isso seria agora me deixar levar, neste momento de felicidade, me parece. Mas o que é que faço? Volto outra vez ao dia, aos campos que tanto quis amar, ao céu onde correm as nuvenzinhas brancas e leves como flocos, à vida que não soube agarrar, por culpa minha talvez, por orgulho ou pequenez, mas acho que não. Os animais pastam, o sol esquenta as pedras e as faz brilhar. Sim, deixo a minha felicidade e volto aos homens também, que vão e vêm frequentemente com fardos. Talvez os tenha julgado mal, mas acho que não. Aliás não os julguei. Quero apenas uma última vez tentar compreender, começar a compreender, como tais seres são possíveis. Não, não se trata de compreender. De que então? Não sei. Lá vou eu apesar de tudo. Não deveria. A noite, a tempestade, a infelicidade, as catalepsias da alma, desta vez vou ver o quanto tudo isso é bom. Nem tudo está dito ainda entre mim e — sim, tudo está dito. Talvez tenha apenas vontade de ouvir dizer mais uma vez. Mais uma vezinha. Todavia não, não tenho vontade de nada.

Os Louis. Os Louis tinham dificuldade de viver, quero dizer de ter para o gasto. Tinha o homem, a mulher e dois filhos, um menino e uma menina. Aí está pelo menos algo que não admite controvérsia. Chamavam o pai de o grande Louis e, de fato, era grande. Já tinha se casado várias vezes, antes de fundar, com uma jovem prima, o lar onde ainda se encontra. Tinha outros filhos por aí, homens e mulheres solidamente engastados na vida, sem esperar mais nada, nem deles mesmos, nem dos outros. Vinham em seu auxílio, cada um segundo as suas possibilidades, o humor da hora, por reconhecimento para com aquele sem o qual não teriam nunca visto a luz do dia, ou dizendo a si mesmos, indulgentes, Se não tivesse sido ele, teria sido outro. O grande Louis era totalmente desdentado e fumava seus cigarros numa piteira, com saudade do cachimbo. Tinha boa reputação como sangrador e esquartejador de porcos e era muito requisitado, requisitado demais, enquanto tal, pois cobrava menos que o açougueiro e até com frequência se contentava, como remuneração integral, com um pernil ou algum embutido. Como tudo isso é verossímil. Porque adorava seu trabalho e tinha orgulho de saber fazê-lo tão bem, com arte, segundo o segredo que seu pai lhe transmitiu e do qual se considerava o último depositário. Com frequência falava do pai com respeito e ternura. Não se verá mais ninguém parecido com ele, dizia, quando eu partir. Devia dizer isso de outro modo. Os grandes dias de Louis caíam portanto em dezembro e janeiro, e a partir de fevereiro esperava com impaciência a volta daquela estação, cujo acontecimento principal é incontestavelmente a comemoração do nascimento do Salvador, num estábulo, enquanto se perguntava se chegaria até lá. Então partia levando debaixo do braço, na caixa delas, as facas longamente afiadas na véspera junto ao fogo, e no seu bolso, num papel, o avental destinado a proteger durante o trabalho seu terno de domingo e dias de festa. E ao pensar que ele, o grande Louis, estava a caminho desta fazenda distante onde o esperavam, e que apesar de sua idade avançada ainda tinham necessidade dele, que podia o que os jovens não podiam, então seu velho coração estremecia em sua jaula. Dessas expedições voltava para casa tarde da noite, bêbado e esgotado pela longa caminhada e pela emoção. E durante dias só falava do porco que tinha despachado, eu diria para o outro mundo se não soubesse que os porcos só têm este aqui, o que entediava horrivelmente sua família. Mas não ousavam lhe dizer nada, porque tinham medo dele. Sim, na idade em que a maioria das pessoas se torna bem pequenina, como para se desculpar de ainda estar ali, Louis metia medo e se comportava como bem entendesse. E até mesmo sua jovem mulher tinha desistido de fazê-lo baixar a crista, recorrendo à buceta, esse trunfo das mulheres jovens. Pois sabia o que ele faria se se recusasse a entreabri-la para ele. E ele até mesmo exigia que ela lhe facilitasse a tarefa, por meios que com frequência lhe pareciam exorbitantes. E ao menor sinal de rebelião da sua parte, ele ia até o lavatório procurar a vara e batia nela até que se emendasse. Seja dito entre parênteses. E para voltar aos porcos, Louis continuava a entreter os seus, à noite, à luz da vela, sobre o que acabara de matar, até o dia em que o chamavam para matar outro. Então sua conversa corria totalmente sobre este último, tão diferente sob todos os aspectos, de tal modo diferente, e entretanto no fundo o mesmo. Pois todos os porcos são parecidos, quando os conhecemos bem, se debatendo, gritando, sangrando, gritando, se debatendo, gemendo e se esvaindo mais ou menos da mesma maneira, de uma maneira que é só deles e que um cordeiro não saberia empregar, por exemplo, ou um cabrito. Mas a partir do mês de março o grande Louis se aquietava e voltava a ficar taciturno. E desde o fim de novembro sua família esperava com impaciência que chegasse a hora de espalhar o esterco e semear o feijão.

O filho, ou herdeiro, era um rapagão com uma dentição horrível. Edmond.

A fazenda. A fazenda dos Louis ficava numa baixa, inundada no inverno, no verão estorricada. Chegava-se a ela por uma bela campina. Mas essa bela campina não era dos Louis, mas de outros fazendeiros que moravam longe dali. Junquilhos e narcisos floresciam nela com exuberância extraordinária, na estação adequada. Louis soltava suas cabras lá, sorrateiramente, ao cair da noite.

Coisa curiosa, se Louis tinha o dom de matar porcos, não tinha o de criá-los, e era raro que o seu passasse dos sessenta quilos. Fechado na pequena pocilga desde a sua chegada, no mês de abril, ficava ali até o dia de sua morte, um pouco antes do Natal. Porque Louis insistia em temer, por seus porcos, embora cada ano lhe desse um desmentido, os efeitos emagrecedores do exercício. Temia por eles também a luz do dia e o ar livre. E era no fim das contas um porco fraco, cego e magro que ele deitava de costas no caixote, as patas amarradas, e matava com arrebatamento, mas sem se apressar, reprovando-lhe em voz alta sua ingratidão. E não podia ou não queria compreender que a culpa não era do porco, mas dele mesmo, que o tinha mimado demais. E persistia em seu erro.

Mundo morto, sem água, sem ar. São essas, as suas lembranças. De longe em longe, no fundo de uma cratera, a sombra de um líquen murcho. E noites de trezentas horas. Mais querida das luzes, descorada, bexigosa, menos fátua das luzes. Eis aqui efusões. Quanto pode ter durado, cinco minutos, dez minutos? Sim, não mais, não muito mais. Mas ele luz ainda, meu filete de céu. Antigamente eu contava, contava até trezentos, quatrocentos e com outras coisas ainda, os aguaceiros, os sinos, a chilreada dos pardais na aurora, contava, ou com nada, por contar, depois dividia por sessenta. Isso passava o tempo, eu era o tempo, eu comia o universo. Agora não mais. A gente muda. Ao envelhecer.

Na cozinha imunda, de chão de terra batida, Sapo tinha seu lugar, junto da janela. O grande Louis e seu filho deixavam o trabalho, vinham apertar sua mão, depois partiam de novo, deixando-o só com a mãe e a filha. Mas elas também tinham o que fazer, elas também o deixavam. Havia tanto a fazer, tão pouco tempo, tão poucos braços. A mulher, parando um instante entre duas tarefas, ou no meio de uma, levantava os braços para o céu para deixá-los cair de novo imediatamente, vencida pela exigência do seu enorme peso. Depois imprimia a eles, em cada um dos lados, movimentos difíceis de descrever e cuja significação não ficava muito clara. Ela os afastava dos flancos, diria que brandia se ignorasse ainda mais o gênio da língua de vocês. Parecia um gesto estranho, a uma só vez colérico e desarticulado, do braço sacudindo um pano de limpeza, ou um trapo, pela janela, para tirar-lhe a poeira. As mãos trepidavam, vazias e moles, tão rápido que parecia haver quatro ou cinco no final de cada braço. Ao mesmo tempo proferia perguntas furiosas e sem resposta, tais como, Para quê? Seus cabelos se soltavam e caíam ao redor do rosto. Eram abundantes, grisalhos e sujos, pois não tinha tempo de cuidar deles, e o rosto era pálido e magro e como que talhado pelas preocupações e pela amargura decorrente delas. O colo — não, é a cabeça que importa e os braços que ela chama primeiro em seu auxílio, que se cruzam, gesticulam, depois retomam tristemente o trabalho, levantando os velhos objetos inertes e trocando-os de lugar, aproximando-os e afastando-os uns dos outros. Mas essa pantomima e essas jaculatórias não eram em intenção de nenhum ser vivo. Pois todos os dias e várias vezes por dia isso a tomava, em casa e no campo. Então ela não se preocupava em saber se estava sozinha ou não, se o que estava fazendo era urgente ou podia esperar. Mas deixava tudo e se punha a gritar e a gesticular, sozinha no mundo sem dúvida e indiferente ao que se passava a seu redor. Depois se calava e ficava imóvel por um instante, antes de retomar o trabalho que tinha abandonado ou de se lançar em outro. Sapo ficava só, perto da janela, a tigela de leite de cabra na mesa diante dele, esquecida. Era verão. O cômodo ficava escuro apesar da porta e da janela abertas à grande claridade lá fora. Por essas aberturas estreitas e distantes uma da outra a luz jorrava, iluminava um pequeno espaço, depois morria, sem se difundir. Não era uma coisa certa, assegurada pelo tanto que o dia durasse. A luz do dia não estava em nenhuma parte do cômodo como estava em toda parte lá fora, tranquila e contínua entre o céu e a terra. Mas a luz entrava sem parar, fornecida e renovada desde fora, entrava sem parar e morria ali, devorada pelo escuro ao fim e ao cabo. E por pouco que o fornecimento chegasse a enfraquecer o cômodo escurecia cada vez mais, até que nada mais fosse visível nele. Pois o escuro tinha vencido. E Sapo, voltado para a terra resplandecente que feria seus olhos, tinha às costas, e em tudo ao redor, o escuro invencível, e ele se arrastava ao redor do seu rosto iluminado. Às vezes bruscamente se voltava para ele, expunha-se, banhava-se nele, com uma espécie de alívio. Então escutava melhor o barulho dos atarefados, da filha que gritava pelas cabras, do pai que xingava a mula. Mas no fundo do escuro havia o silêncio, o da poeira e das coisas que não se moveriam nunca, nem se dependesse só delas. E do despertador, que não via, o tic-tac era como a voz do silêncio que ele também, como o escuro, venceria um dia. E então tudo ficaria silencioso e negro e as coisas estariam nos seus lugares para sempre, enfim. Enfim Sapo tirava dos bolsos os poucos presentes pobres que trouxera, colocava-os na mesa e ia embora. Mas acontecia algumas vezes, antes que se decidisse a ir embora, melhor, antes que fosse, pois não havia decisão, que uma galinha, aproveitando-se da porta aberta, se aventurava pelo cômodo. Mal cruzava a soleira parava, uma pata no ar, a cabeça de lado, batendo as pálpebras, à espreita. Depois, reassegurada, avançava mais, aos trancos, o pescoço uma sanfona. Era uma galinha cinzenta, sempre a mesma talvez. Sapo acabou conhecendo-a bem e, lhe parecia, sendo conhecido por ela. Se se levantava para partir ela não se afobava. Mas podia haver várias, todas cinzentas e quanto ao resto se assemelhando tanto que o olho de Sapo, ávido de semelhanças, não sabia distingui-las. Algumas vezes era seguida por uma segunda, uma terceira e até uma quarta, muito diferentes dela e entre elas bastante diferentes, quanto à plumagem e à galba. Estas eram menos ariscas que a cinzenta, que tinha entrado primeiro e a quem nada tinha acontecido. Vivamente iluminadas por um instante, na entrada, se esfumavam cada vez mais à medida que avançavam, depois desapareciam. Silenciosas a princípio, temendo se trair, começavam pouco a pouco a se coçar e cacarejar, de contentamento, e a descontrair as plumas barulhentas. Mas com frequência não vinha apenas a cinzenta sozinha, ou uma das cinzentas se preferirem, pois aí está uma coisa que nunca se saberá, embora fosse fácil tirar isso a limpo, dando-se um pouco ao trabalho. E teria bastado estar presente na hora em que todas as galinhas vinham correndo de todos os lados em direção à sra. Louis que gritava, Pi-pipipiuuuu!, enquanto batia numa lata velha com uma colher velha, para saber se havia apenas uma única galinha cinzenta ou se havia várias. Mas afinal para que isso teria servido? Pois poderia muito bem ser que houvesse várias galinhas cinzentas e que fosse contudo sempre a mesma que viesse para a cozinha. E entretanto era uma experiência a se tentar. Pois poderia muito bem ser que houvesse apenas uma única galinha cinzenta, até na hora da ração. O que teria sido conclusivo. E entretanto aí está uma coisa que nunca se saberá. Pois entre os que souberam, uns estão mortos e os outros esqueceram. E no dia em que Sapo quis tirar isso absolutamente a limpo, já era tarde demais. Então pôs-se a lamentar não ter compreendido, a tempo de poder se aproveitar disso, a importância que teriam um dia para ele essas permanências na cozinha dos Louis onde, nem completamente dentro nem completamente fora, esperava encontrar-se de novo em pé e a caminho, e ao esperar notava muitas coisas, sem desconfiança, entre as quais esse grande pássaro ansioso e cinza, indeciso na luz da soleira, depois cacarejando e se coçando atrás do fogão e remexendo suas asas atrofiadas, que vinham enxotar aos berros e a vassouradas e que voltava, prudentemente, com passinhos hesitantes, parando com frequência, escutando, abrindo e fechando de novo seus olhinhos pretos e todavia brilhantes. E Sapo ia embora, não duvidando de nada, acreditando ter assistido a coisas sem importância e pacatas. Se curvava para cruzar a porta e via diante dele o poço, com sua manivela, corrente e balde, e com frequência também uma linha comprida de roupas esfarrapadas, balançando-se e secando ao sol. Partia pelo caminhozinho que tinha tomado para vir, quer dizer à margem da campina à sombra das grandes árvores que ladeavam o riacho, cujo leito era um caos de raízes nodosas, pedras e lama endurecida. E assim ele se afastava com frequência despercebido, apesar do seu andar estranho, suas paradas e investidas. Ou os Louis o viam, de longe e de perto, ou uns de longe e outros de perto, surgir por trás da roupa lavada e se embrenhar pelo atalho, sem tentar detê-lo nem mesmo gritar-lhe adeus, e sem ofender-se com essa partida aparentemente pouco amistosa, pois sabiam que não havia má intenção. Ou se ali na hora não pudessem se impedir de sentir raiva dele, era um sentimento que se desvanecia em seguida, à vista do papel amarrotado na mesa da cozinha, contendo alguns pequenos artigos de aviamento. E esses presentes humildes tão úteis, e essa maneira tão delicada de dar, os desarmava igualmente diante da tigela de leite de cabra esvaziada só pela metade ou intacta, e os impedia de ver nisso uma afronta, como queria a tradição. Mas pensando bem, a partida de Sapo não devia escapar a eles senão raramente. Pois o menor movimento nas proximidades de suas terras, nem que fosse o de um pássaro pousando ou levantando voo, os fazia levantar a cabeça e arregalar os olhos. E mesmo na estrada, da qual trechos podiam ser vistos a mais de uma milha, nada podia se passar à sua revelia, e sabiam não apenas reconhecer as pessoas que passavam por lá e que a distância reduzia à dimensão da cabeça de um alfinete, mas também adivinhar de onde vinham, aonde iam e com que objetivo. Então gritavam a novidade, pois trabalhavam com frequência longe uns dos outros, ou se faziam sinais, todos aprumados e voltados para o acontecimento, pois se tratava de um, antes de se curvar de novo para a terra nutriz. E ao primeiro repouso que os reunia, ao redor da mesa ou noutro lugar, cada um dizia sua maneira de compreender a coisa e escutava a dos outros. E se logo de saída não estivessem de acordo sobre o que tinham visto e sua significação, falavam seriamente disso até que estivessem, quero dizer, de acordo, ou renunciassem a ele, para sempre. Era portanto difícil para Sapo se esgueirar despercebido, mesmo à sombra das árvores que ladeavam o riacho, supondo que ele tivesse sido capaz de se esgueirar, pois tinha mais jeito de chapinhar num lamaçal. E todos levantavam a cabeça e o observavam, observando-se depois uns aos outros, antes de se curvar de novo para a terra. E em cada rosto inclinado para a terra passeava talvez um pequeno sorriso que não era exatamente um sorriso, antes um pequeno ricto, porém sem maldade, e cada um talvez se perguntasse se os outros sentiam a mesma coisa e prometiam informar-se, na primeira reunião. Mas de Sapo que se afastava tropeçando ora à sombra das árvores centenárias das quais ignorava a espécie, ora na claridade da campina elevada, de tal modo seu andar era incerto, de Sapo o semblante era sério como sempre, ou antes sem expressão. E quando parava não era para pensar melhor, ou para observar melhor seu sonho, mas era simplesmente por que a voz que lhe mandava avançar se calara. Então com seus olhos pálidos, olhava fixo para a terra sem ver sua beleza, nem sua utilidade, nem as pequenas flores silvestres de mil cores sutis, à vontade entre as plantações e as ervas daninhas. Mas essas paradas duravam pouco, pois ainda era jovem. E lá estava ele subitamente de novo vagando através da terra, passando da sombra à claridade, da claridade à sombra, com indiferença.

Quando paro, como há pouco, os barulhos recomeçam com uma força estranha, os da vez. De modo que pareço ter recobrado a audição da juventude. Então, da minha cama, no escuro, nas noites de tempestade, sei separar, no estrépito do lado de fora, as folhas, os galhos, os troncos gementes, da própria grama e da casa que me abriga. Cada árvore tem sua maneira de gritar, como na calmaria o seu sussurro. Ouvia ao longe o portão de ferro deslocar-se nos pilares e entrechocar suas folhas gradeadas por onde o vento arremetia. E nem mesmo a areia da aleia deixava de ter sua voz. A noite sem brisa era para mim uma outra tempestade, feita de ofegações inumeráveis, que me divertia em descobrir. Sim, me diverti muito, jovem, com a sua suposta quietude. O barulho que preferia não tinha nada de nobre. Era o latido dos cães, à noite, nos pequenos vilarejos encravados nos flancos da montanha, onde viviam os cortadores de pedra, há gerações. Me chegava, a mim na casa da planície, selvagem e flautado, quase imperceptível, depressa cansado. Os cães do vale respondiam, com sua voz grossa cheia de caninos, mandíbulas e baba. Da montanha também me vinha outra alegria, a das luzes esparsas nascendo lá ao cair da noite, se unindo em manchas apenas mais claras que o céu, menos claras que as estrelas e que a menor das luas apagava, que se apagavam a si mesmas apenas acesas. Coisas que eram apenas, na fronteira do silêncio e da noite, e que logo cessavam. É assim que raciocino atualmente, à vontade. Em pé diante da minha janela alta me abandonei a elas, esperando que isso terminasse, que minha alegria terminasse, lá longe diante de mim, em mim, estendido para a alegria da minha alegria terminada. Mas se trata atualmente, mais que das minhas desgraças, das minhas orelhas, de onde brotam dois tufos impetuosos de pelos amarelos provavelmente, amarelados pela cera e pela falta de cuidados, e tão compridos que escondem os lóbulos.

Então constato, sem emoção, que há algum tempo parecem ouvir melhor. Oh, nunca fui nem mesmo parcialmente surdo. Mas há muito tempo ouço confusamente. Pronto, me pegou de novo. O que quero dizer talvez seja isso, que pouco a pouco os barulhos do mundo, tão diversos em si mesmos e que eu sabia tão bem distinguir uns dos outros, por força talvez de serem sempre os mesmos se fundiram num só, até não ser mais que um só grande zumbido contínuo. O volume sonoro percebido continuava sem dúvida o mesmo, tinha somente perdido a faculdade de decompô-lo. Os barulhos da natureza, os dos homens e até mesmo os meus próprios, tudo se misturava num só e mesmo imbróglio desenfreado. Basta. Atribuiria de bom grado uma parte dos meus, dos meus infortúnios a essa desordem auditiva se infelizmente não estivesse disposto a ver nela um benefício. Infortúnios, benefício, não tenho tempo de escolher as palavras, estou com pressa, pressa de terminar. E todavia não, não estou com pressa. Decididamente não vou dizer nada esta noite que não seja falso, quero dizer que não me deixe perplexo quanto às minhas verdadeiras intenções. Pois é o anoitecer, a noite mesmo, uma das mais negras de que posso me lembrar. Tenho a memória curta. Meu mindinho, deitado sobre a folha, precede meu lápis, adverte-o do fim das linhas caindo. Mas na outra direção, de alto a baixo, vou a esmo. Não queria escrever, mas terminei me resignando a isso. É para saber onde estou, onde ele está. No começo não escrevia, dizia somente. Depois esquecia o que tinha dito. Um mínimo de memória é indispensável, para viver de verdade. A família dele, por exemplo, de verdade não sei mais por assim dizer nada sobre ela. Mas estou tranquilo, está anotado em algum lugar. É o único meio de vigiá-lo. Mas no que me diz respeito, a mim, a mesma necessidade não se faz sentir. A minha história de mim mesmo também a ignoro, esqueço, mas não tenho necessidade de conhecê-la. E entretanto escrevo sobre mim, com o mesmo lápis, no mesmo caderno que sobre ele. É que não sou mais eu, já devo ter dito, mas um outro cuja vida apenas começa. É justo que ele também tenha sua pequena crônica, suas memórias, sua razão, e que possa reencontrar o bom no mau, o mau no pior, e assim suavemente envelhecer ao longo dos dias que se parecem, e morrer um dia como os outros, somente mais breve. Aqui está minha desculpa. Mas deve haver outras, não menos excelentes. Sim, a escuridão é total. Não vejo nada. Nem mesmo a vidraça, a custo a enxergo, e a parede que faz com ela um contraste tão impressionante, ali onde lhe cede o lugar, a ponto de parecer com frequência a borda de um abismo. Mas ouço o barulho do meu mindinho que desliza sobre o papel e aquele tão diferente, o do lápis que o segue. É isso que me surpreende e me faz dizer que algo mudou. Daí essa criança que eu poderia ter sido, por que não. E ouço também, aqui chegamos enfim, um coro, mas bastante distante para que seus baixos possam chegar até mim. Conheço a música, não sei de onde, e quando diminui, e quando se desvanece, continua em mim, mas mais lenta, ou mais rápida. Pois quando o ar a traz para mim de novo, é com adiantamento, ou atraso, quanto à música em mim. É um coro misto, ou estou muito enganado. Talvez com crianças também. Tenho a sensação absurda de que é dirigido por uma mulher. Há muito tempo canta a mesma música. Deve estar ensaiando. Já é passado, soltou pela última vez o grito triunfante com que acaba. Seria a semana da Páscoa? Carnaval na eira, Páscoa à lareira. Em caso afirmativo essa música que acabo de ouvir, e que para dizer a verdade ainda não está completamente apaziguada em mim, não teria sido simplesmente em homenagem àquele que primeiro ressuscitou dos mortos, àquele que me salvou, com vinte séculos de antecipação? O primeiro? O brado final dá margem a essa suposição.

Acho que dormi de novo. Por mais que apalpe, não encontro mais meu caderno. Porém ainda tenho o lápis na mão. Vou ter que esperar a aurora. Deus sabe o que vou fazer enquanto isso.

Acabo de escrever, Acho que dormi de novo etc. Espero não distorcer demais meu pensamento. Acrescento agora algumas linhas, antes de me deixar de novo. Não me deixo mais com a mesma avidez que há oito dias por exemplo. Deve ter mais de oito dias que isso dura, mais de oito dias que disse, Estarei em breve apesar de tudo completamente morto enfim. Mas atenção. Não foi isso que disse, não poria minha mão no fogo. Foi isso que escrevi. Estas duas últimas frases tenho a impressão de já tê-las escrito em algum lugar, ou dito, palavra por palavra. Sim, Estarei em breve apesar de tudo etc., aí está o que escrevi quando compreendi que não sabia mais o que tinha dito, no começo do meu dizer, e depois, e que em consequência do meu projeto de viver, e fazer viver, enfim, e de jogar enfim e de morrer vivo, tomava o caminho dos meus outros projetos. Acho que a aurora se faz esperar menos do que temia. Acho sinceramente. Mas não temia nada, não temo mais nada. É realmente o começo do alto verão. Voltado para a vidraça vi que estremecia enfim, empalidecia diante da aurora lívida. Não é uma vidraça comum, me traz a aurora e me traz o pôr do sol. O caderno tinha caído no chão. Levei muito tempo para encontrá-lo. Estava embaixo da cama. Como é que essas coisas são possíveis? Levei muito tempo para recuperá-lo. Tive que arpoá-lo. Não está furado de um lado a outro, mas está numa situação precária. É um caderno grande. Deve ser suficiente para mim. Vou escrever de agora em diante dos dois lados da página. De onde veio? Não sei. Eu o encontrei, desse jeito, nas minhas coisas, no dia que precisei dele. Sabendo muito bem que não tinha caderno, vasculhei as minhas coisas na esperança de encontrar um. Não fiquei decepcionado, não fiquei surpreso. Se precisasse amanhã de uma velha carta de amor não faria de outro modo. É de papel quadriculado. As primeiras páginas estão cobertas de números, símbolos e diagramas, com aqui e ali uma frase curta. Devem ser cálculos. Param bruscamente, enfim prematuramente ao que parece. Como que desencorajados. Talvez seja astronomia, ou astrologia. Não observei bem. Passei um traço, não, não passei nem mesmo um traço, escrevi, Em breve estarei completamente morto enfim, sem nem mesmo ir até a página seguinte que estava em branco. Pronto, estou dispensado de me sobrecarregar com este caderno, na hora do inventário. Só vou ter que dizer, Item, um caderno, indicando talvez a cor dele. Mas daqui até lá posso perdê-lo, de vez. O lápis pelo contrário é um velho conhecido. Devia tê-lo comigo quando me trouxeram aqui. Tem cinco faces. É muito curto e com ponta dos dois lados. É um Venus. Espero que dê conta. Estava dizendo que não me deixo mais com a mesma pressa. Isso deve estar na ordem das coisas, tudo o que me acontece deve se inscrever aqui, e até a minha impotência em agarrar de que ordem se trata. Pois nunca vi nenhuma, nem em mim nem fora de mim. Me fiei nas aparências, acreditando serem vãs. Não vou entrar em detalhes. Ofegar, escorregar, subir, ofegar, supor, negar, afirmar, negar. Está bem. Me deixo com menos boa vontade. Assim seja. Esperei a aurora. Fazendo o quê? Não sei. O que devia fazer. Espreitei a vidraça. Me entreguei a minhas dores, minha impotência. E enfim me pareceu, por um instante, que ia receber uma visita!

As férias de verão chegavam ao fim. O momento decisivo se aproximava, quando seriam confirmadas, ou frustradas, por Sapo, as esperanças colocadas nele. Está preparadíssimo, dizia o sr. Saposcat. E sua mulher, cuja devoção se aquecia em épocas de crise, rezava pelo sucesso dele. Ajoelhada à noite, de camisola, jaculava, mas sem barulho, pois seu marido não teria aprovado, Que ele passe! Que ele passe! Mesmo sem menção!

Superada esta primeira grande prova haveria outras, todos os anos, várias vezes por ano, durante cinco ou seis anos. Mas parecia aos Saposcat que seriam menos terríveis que essa primeira, que iria lhes dar, ou lhes recusar, o direito de dizer, Ele está fazendo sua medicina, ou, Ele está fazendo seu direito. Pois calculavam ser pouco provável que um jovem mais ou menos normal, senão inteligente, uma vez admitido a se iniciar nessas profissões, não chegasse mais cedo ou mais tarde a ser julgado capaz de exercê-las. Pois tinham lidado com médicos, e com advogados, como quase todo mundo.

Um dia o sr. Saposcat comprou uma caneta tinteiro, com abatimento. Uma Blackbird. Vou dar para ele na manhã do exame, disse. Levantou a tampa comprida de papelão e mostrou a caneta à mulher. Deixe na caixa, disse ele, quando ela quis pegá-la com a mão. Descansava no prospecto cujas bordas, enroladas, quase se juntavam no alto. O sr. Saposcat as separou e aproximou a caixa dos olhos da mulher. Mas ela, em vez de olhar para a caneta, olhou para o marido. Ele disse o preço. Talvez fosse melhor, ela disse, se você a desse na véspera, para ele se acostumar. Você tem razão, disse ele, não tinha pensado nisso. Ou até mesmo na antevéspera, ela disse, para que você tenha tempo de trocá-la, se a pena não servir para ele. Um melro, cujo grande bico aberto indicava que estava cantando, enfeitava a tampa. O sr. Saposcat recolocou-a, embrulhou com suas mãos hábeis a caixa em papel de seda e passou por cima um elástico fino. Não estava contente. É uma pena média, disse, que vai lhe servir com certeza.

Essa conversa foi retomada no dia seguinte. O sr. Saposcat disse, E se só a emprestássemos a ele, dizendo que poderia ficar com ela, se passasse. Então é preciso fazer isso imediatamente, disse a sra. Saposcat, senão não vai adiantar nada. Ao que o sr. Saposcat fez, depois de um silêncio, uma primeira objeção, e em seguida, depois de um segundo silêncio, uma segunda objeção. Objetou primeiro que seu filho, se recebesse a caneta imediatamente, teria tempo de quebrá-la, ou perdê-la, antes da prova. Objetou em seguida que seu filho, se recebesse a caneta logo, e supondo-se que não a quebrasse nem a perdesse, teria tempo de se acostumar tanto com ela, de conhecer tão intimamente seus defeitos, ao compará-la com as canetas dos colegas mais abastados, que a sua posse não o tentaria mais. Não sabia que era uma bugiganga, disse a sra. Saposcat. O sr. Saposcat pôs a mão sobre a toalha da mesa e a observou demoradamente. Depois dobrou o guardanapo, levantou-se e saiu da sala. Mas termine de comer! gritou a mulher. Sozinha escutou o barulho dos passos dele na aleia, afastando-se, aproximando-se, afastando-se, aproximando-se.

Um dia Sapo chegou na casa dos Louis mais tarde que de costume. Mas sabiam que horas tinha o costume de chegar? As sombras se alongavam, tudo perdendo rapidamente seu relevo. Sapo ficou surpreso ao ver de longe, em meio ao restolho novo, a cabeçorra vermelha e branca do pai Louis. O corpo estava num grande buraco que cavara para a sua mula, que tinha morrido à noite. Edmond saiu da casa, limpando a boca, e foi juntar-se ao pai. Este saiu então do buraco e o filho entrou nele. Ao chegar perto deles Sapo viu o cadáver, preto, da mula. Então tudo ficou claro para ele. A mula estava deitada de lado, o que era normal. As pernas da frente estavam esticadas e duras, as de trás encolhidas sob o ventre. A boca entreaberta, os lábios arreganhados, os dentes enormes, os olhos esbugalhados, faziam dela uma cabeça morta nada banal. Edmond passou a seu pai a picareta, a enxada e a pá, e saiu do buraco. Agarrando uma das pernas da frente, outra das outras, arrastaram a mula até o buraco e a deixaram cair nele, de costas. As pernas da frente, apontando para o céu, ultrapassavam ligeiramente a borda do buraco. O pai Louis as fez dobrar a golpes de pá. Deu a pá a seu filho e foi em direção a casa. Edmond se pôs a encher o buraco. Sapo o observava. Uma grande paz desceu sobre ele. Grande paz é exagero. Se sentia melhor. O fim de uma vida, isso revigora. Edmond parou, apoiou-se na pá e, ofegando, sorriu. Tinha grandes buracos rosa entre seus incisivos. O grande Louis estava sentado perto da janela, de onde podia vigiar o filho. Estava fumando um cigarro, na sua piteira, e bebia sua branquinha. Sapo se sentou de frente para ele, pôs uma mão na mesa e em cima dela a testa, acreditando estar só. Entre as duas deslizou a outra mão e ficou imóvel. Louis começou a falar. Parecia de bom humor. A mula, segundo ele, morreu de velha. No dia em que a comprara, e já se iam dois anos, a levavam justamente para o abatedouro. Logo, valera o dinheiro. Concluído o negócio previram que cairia dura na primeira lavragem. Mas o grande Louis era um conhecedor de mulas. Com as mulas é o olho que conta, o resto não importa nada. Tinha então olhado para ela direto nos olhos, às portas do abatedouro, e visto que podia servir ainda. E a mula tinha lhe devolvido o olhar, no pátio do abatedouro. À medida que Louis avançava em sua história, o abatedouro ganhava cada vez mais importância. Assim o lugar da transação se deslocou progressivamente, do caminho para o abatedouro, para as portas do abatedouro e delas até o pátio. Mais um pouco e ele disputaria a mula com o carniceiro. Pode-se dizer que me implorou para levá-la, disse Louis. Tinha feridas um pouco por toda parte, mas com as mulas não se deve deixar impressionar pelas feridas da velhice. É o olho que conta. Tinham dito a ele, Já fez dez milhas, vai arrebentar antes de chegar na sua casa. Contava tirar seis meses dela, Louis disse, tirei dois anos. Enquanto falava, vigiava o filho. Estavam ali um de frente para o outro, na escuridão, um falando, o outro ouvindo, e longe, um do que ele dizia, o outro do que ele ouvia, e longe um do outro. O monte de terra ia diminuindo. Na fraca luz rasante a terra tinha reflexos estranhos, brilhava de longe em longe, como se iluminada por dentro, no escuro crescente. Edmond parava com frequência, se apoiava na pá e olhava ao redor. O abatedouro, disse Louis, é lá que compro meus animais. Acrescentou, Olhe só aquele moleirão. Saiu e recomeçou a trabalhar, ao lado do filho. Trabalharam um bom tempo juntos, sem prestar atenção um no outro, depois o filho deixou sua pá, e foi embora devagar, com um mesmo movimento igual e arredondado, passando sem abalo nenhum do esforço ao descanso, como à sua única sequência possível. Já não se via mais a mula. A superfície, que passara a vida a pisar, não a veria mais, penando diante do arado, diante da carroça. E o grande Louis logo iria trabalhar naquele mesmo lugar, com outra mula, ou com um cavalo velho, ou com um boi velho, que teria comprado no abatedouro, que também chamam de carniceria, sem que a relha revolvesse as carnes fétidas e sem que se embotasse nos grandes ossos que elas revestiram. Pois não ignorava a tendência dos enterrados de voltarem a subir, contra toda expectativa, rumo à luz. No que se pareciam com os afogados. E tinha levado isso em conta ao cavar o buraco, que não estava longe de ter seis pés de profundidade. Edmond e sua mãe se cruzaram em silêncio. Ela vinha da casa de uma vizinha, onde tinha ido pegar emprestado uma libra de lentilhas para a janta. Ela pensava na linda balança que tinha feito a pesagem, enquanto se perguntava se estava bem calibrada. Diante do marido também passou rapidamente sem lhe lançar um olhar, e nada indicava, na atitude dele, que a tivesse visto. Ela acendeu o lampião no lugar dele em cima da lareira, ao lado do despertador, flanqueado por sua vez por um crucifixo pendurado num prego. Esses três objetos ficavam apertados uns contra os outros, no meio da prateleira, vazia de resto. O despertador, sendo o mais baixo dos três, tinha que ficar no meio, e à inversão do lampião e do crucifixo se opunha o prego que mantinha este último em pé. Ficava com a testa e as mãos apoiadas contra a parede, esperando que fosse o momento de acender o pavio. Acendia enfim e recolocava o globo amarelo que uma fenda larga enfeava. Ao ver Sapo achou por um instante que era sua filha. Depois seu pensamento voou para a ausente. Pôs o lampião na mesa e o exterior se apagou. Ela se sentou, esvaziou as lentilhas na mesa e começou a separá-las. De modo que logo havia dois montes na mesa, um grande que ia diminuindo e um pequeno que ia aumentando. Mas de repente com um gesto furioso ela misturou todos dois, aniquilando assim, em menos de um segundo, o trabalho de dois ou três minutos. Depois foi buscar uma panela. Eles não vão morrer, ela disse, e com a borda da mão empurrou as lentilhas até a borda da mesa e dali para a panela, como se o essencial fosse não morrer. Mas fez isso com tanto mal jeito e tão precipitadamente que boa parte, passando ao lado da panela, caiu no chão. Depois pegou o lampião e saiu, para buscar lenha talvez, ou um pedaço de toucinho. A escuridão voltou à cozinha, a de fora reduziu-se pouco a pouco, e Sapo, os olhos contra a vidraça, terminou por distinguir um certo número de objetos, entre os quais a massa escura do grande Louis calcando a terra. Que se parasse no meio de um trabalho fastidioso e de utilidade duvidosa, Sapo podia muito bem conceber. Pois um grande número de trabalhos são desse tipo, o que quer que se diga, e não são terminados a menos que se desista deles. A sra. Louis teria continuado a separar suas lentilhas até o amanhecer sem que seu objetivo, que era o de devolvê-las sem mistura de nenhum tipo, fosse alcançado. Mas ela teria parado no fim, dizendo a si mesma, Fiz o que pude. Mas não teria feito o que podia. Mas chega o momento em que se abandona, por sabedoria, sem que por isso se fique desencorajado a ponto de desfazer tudo. Mas se seu objetivo, ao separar as lentilhas, não fosse tirar delas tudo o que não fosse lentilha, mas somente a maior parte? E então? Não sei. Conquanto que haja outros trabalhos, outros dias, dos quais se possa dizer, sem se enganar muito, Acabou. Embora não veja quais. Ela voltou, segurando o lampião no ar e um pouco afastado, para que não a deixasse cega. Na outra mão segurava um coelho branco pelas patas traseiras. Pois se a mula tinha sido preta, o coelho tinha sido branco. Já estava morto, não existia mais. Há coelhos que morrem antes de os matarem, de simples pavor. Têm tempo, enquanto os tiram da coelheira, pelas orelhas com mais frequência, e dispõem comodamente a parte a atingir, seja ela a nuca ou seja a garganta. E com frequência se bate num cadáver, sem saber. Pois acaba-se de ver o coelho bem vivo, detrás do gradil, em meio ao sanfeno. E você se felicita de ter conseguido no primeiro golpe, porque não gosta de fazer sofrer inutilmente, quando na realidade se deu ao trabalho por nada. Esta é uma coisa que ocorre sobretudo à noite, o pavor sendo maior à noite. As galinhas em compensação têm vida mais cabeçuda, e até se veem aquelas que, já não tendo mais cabeça, ainda dão uns últimos passos de dança antes de desmoronar. Os pombos também são menos nervosos e opõem algumas vezes certa resistência, antes de sucumbir por asfixia. A sra. Louis ofegava. Diabinho nojento! ela gritou. Mas Sapo já estava longe e deixava a mão se arrastar pela grama alta e movente da campina. Pouco depois Louis, depois seu filho, atraídos pelo cheiro, entraram na cozinha. Sentados diante da mesa, um de frente para o outro, sem se olhar, esperavam. Mas a mulher, a mãe, foi até a porta e chamou a filha. Lise! ela gritou, com todas as forças, inúmeras vezes. Depois voltou ao seu fogão. Acabara de ver a lua. Depois de um silêncio Louis declarou, Vou matar Grisette amanhã. Disse isso noutros termos naturalmente, mas o sentido era esse. Mas nem sua mulher nem seu filho puderam aprovar, a primeira porque preferia a morte de Noiraud, o segundo porque calculava que matar os cabritinhos agora, fosse um ou fosse o outro, pois isso lhe era indiferente, seria agir de modo prematuro. Mas o grande Louis disse que se calasse e foi buscar num canto a caixa que continha suas facas. Eram três e se tratava só de tirar a gordura delas e esfregá-las um pouco umas contra as outras. A sra. Louis voltou à porta, escutou, chamou. Ao longe o rebanho lhe respondeu. Ela está chegando, ela disse. Mas ela só chegou muito mais tarde. A refeição terminada, Edmond foi se deitar, para poder se masturbar tranquilamente antes da chegada da irmã, com quem dividia o quarto. Não que se incomodasse, quando sua irmã estava lá. Ela também não se incomodava, quando seu irmão estava lá. Viviam muito apertados, certas delicadezas não eram possíveis. Edmond se retirou portanto sem razão especial. Teria de bom grado se deitado com a sua irmã, o pai também, quero dizer que o pai teria de bom grado se deitado com a filha, ia longe o tempo em que teria de bom grado se deitado com a sua irmã. Mas alguma coisa os impedia. De resto ela não parecia fazer questão. Mas ainda era jovem. O incesto estava portanto no ar. A sra. Louis, a única da família a não desejar se deitar com ninguém, via isso se aproximar, com indiferença. Ela saiu. Deixado só com a filha, o grande Louis a observou. Ela estava sentada na frente do fogão, numa atitude oprimida. Ele disse para ela comer e ela começou a comer o que sobrou do coelho, na panela mesmo, com uma colher. Mas é difícil olhar para um semelhante de maneira ininterrupta, mesmo querendo, e o grande Louis via com frequência a filha em outro lugar e ocupada com outra coisa que não a colher da panela para a boca e da boca para a panela. E entretanto teria jurado que não tinha tirado os olhos dela. Ele disse, Amanhã vamos matar Grisette, você pode segurá-la, se quiser. Mas vendo-a ainda tão triste, a ponto de as bochechas estarem úmidas de lágrimas, foi em sua direção.

Que tédio. E se passasse para a pedra? Não, seria a mesma coisa. Os Louis, os Louis, trata-se dos Louis? Não, não particularmente. Mas enquanto isso o outro se perde. Onde estão eles, meus projetos, tinha projetos, ainda agora. Talvez os tenha ainda por dez anos. Vou apesar de tudo continuar um pouco, pensando noutra coisa, não posso ficar aqui. Vou me ouvir de longe, a mente longe, falar dos Louis, falar de mim, a mente vagando, longe daqui, entre suas ruínas.

Então só havia a sra. Louis na cozinha. Ela se sentou perto da janela e baixou o pavio do lampião, como fazia sempre antes de soprá-lo, pois não gostava de soprar um lampião ainda quente. Quando achava suficientemente esfriados o vidro e o globo, se levantava e soprava para dentro. Ficou por um momento indecisa, as mãos apoiadas na mesa, antes de se sentar de novo. Findo seu dia de trabalho levantava-se o dia sobre outras lidas, dentro dela, as da vida estupidamente tenaz, com dores diligentes. Sentada, indo e vindo, suportava-as melhor que deitada. Do fundo desse cansaço sem fim ela não parava de invocar, de dia a noite, de noite o dia, e, dia e noite, com temor, a luz sobre a qual sempre lhe disseram que ela não poderia entender, pois não era algo de que propriamente se falasse. A que entendia bem, por estar acostumada a ela, com frequência esperando seu retorno na cozinha, sobretudo no verão, dormindo pouco, direto na cadeira ou arriada sobre a mesa, descansando mal, mas menos mal que na cama. Com frequência se levantava, andava pelo cômodo ou, saindo, dava uma volta ao redor do casebre velho. Havia apenas cinco ou seis anos que estava assim. Tenho uma doença de mulher, dizia a si mesma, sem se atrever a acreditar nisso completamente. Na cozinha impregnada das labutas diurnas a noite lhe parecia menos noite, o dia menos morto. Adorava, nas horas difíceis, quando tinha necessidade de coragem, apertar sob os dedos a velha mesa ao redor da qual muito em breve veria os seus sentados, esperando que ela os servisse, e sentir ao seu redor, prontos a servir, as ferramentas e utensílios de todo dia. Foi até a porta, abriu-a e olhou para fora. A lua tinha desaparecido, mas as estrelas brilhavam com um vivo clarão. Ela as observou demoradamente. Era um espetáculo que a consolara mais de uma vez. Foi até o poço e segurou a corrente. O balde estava no fundo do poço, a manivela calçada. Era assim. Seus dedos começaram a vagar ao longo dos anéis ondulantes. Perguntas sem forma, firmando-se umas nas outras, esmagavam-se, moles, na sua mente. Algumas pareciam ter relação com a sua filha, a menor todavia de suas preocupações. Esta, não conseguindo dormir, estava há algum tempo à escuta. Sabendo que sua mãe estava acordada, estava quase se levantando e indo juntar-se a ela. Mas foi só no dia seguinte ou no outro que se decidiu a contar a ela o que Sapo tinha lhe dito, a saber que ele ia embora, de vez. Então, como se faz pelos mortos, mesmo os insignificantes, recolheram as lembranças que ele podia ter deixado, ajudando-se uns aos outros e se esforçando para ficarem de acordo. Mas essa chamazinha é conhecida, seus tremores na sombra revolta. E o acordo só veio mais tarde, com o esquecimento.

Tédio mortal. Um dia pedi conselho a um israelita a respeito da conação. Isso deve ter sido na época em que ainda procurava alguém que fosse fiel a mim, e a quem eu também fosse. Então arregalava bem os olhos para permitir aos candidatos admirar a profundeza do meu olhar e os reflexos que nasciam ali de tudo o que a gente não se dizia. Nossos rostos estavam tão perto um do outro que eu sentia no meu baforadas de ar quente e de saliva, e ele também sem dúvida, no seu. Eu o vejo de novo, apaziguado enfim, limpar os olhos e a boca, e eu, de olhos baixos, entristecido com a pocinha que a urina, tendo atravessado minhas calças de um lado para o outro, formara aos meus pés. Agora que não tenho mais necessidade disso vou dizer seu nome. Jackson. Teria preferido que tivesse um gato, ou um cachorro novo, ou um cachorro velho seria ainda melhor. Mas quanto a companheiros mudos ele só dispunha de um papagaio, vermelho e cinza, ao qual tinha ensinado a dizer, *Nihil in intellectu* etc.[3] Estas três primeiras palavras o pássaro pronunciava bem, mas a célebre restrição não saía, não se entendia nada além de quá quá quá quá quá. E quando Jackson, ficando nervoso, teimava em fazê-lo recomeçar, Polly se zangava e todo vermelho se retirava para um canto da gaiola. Era uma gaiola muito bonita, bem arrumada, com poleiros, balanços, bandejas, bebedouros, rampas e ossos de sépia em profusão. Tinha até coisas demais, eu teria me sentido apertado. Jackson me chamava de merino, não sei por quê, talvez por causa do dito francês.[4] Por mim, tinha na cabeça que a ideia de rebanho vagando combinava mais com ele que comigo. Mas no fundo nunca tive na cabeça mais que vento, desse vento que quase não teve medida para mim. Minhas relações com Jackson foram de curta duração. Eu o teria suportado como amigo, mas infe-

3. A frase completa é: *Nihil in intellectu quod non prius in sensu* ("Nada [há] no intelecto que não [tenha estado] antes nos sentidos"). Princípio que vem de Aristóteles e é retomado por Tomás de Aquino e muitos outros filósofos, considerados de algum modo empiristas. Ao colocar só o início da frase para ser repetida pelo papagaio, Beckett acentua a separação entre o intelecto e a linguagem, o pensamento e os sentidos. (N.T.)
4. O dito francês é "*laisser pisser le mérinos*". Literalmente, "deixar o merino mijar". Merino é uma raça de carneiro espanhola, de lã bastante valorizada. A expressão tem o sentido de deixar que as coisas se arranjem, ter paciência. Sua origem se deve ao fato de os condutores de animais de tiro preferirem parar para os animais fazerem suas necessidades, a fim de evitar problemas durante o percurso. Beckett vai se referir a isso a seguir. A frase que traduzi como "talvez por causa do dito francês" é do texto em inglês, traduzido pelo próprio Beckett ("*perhaps because of the French expression*"); no texto francês, a frase é: "*peut-être à cause du dicton*". (N.T.)

lizmente tinha repugnância de mim, assim como Johnson, Wilson, Nicholson e Watson, todos canalhas. Tentei em seguida, durante um certo tempo, arrumar uma alma irmã entre as raças inferiores, vermelhas, amarelas, chocolate etc. E se os pestilentos tivessem sido de acesso menos penoso teria me introduzido entre eles, revirando os olhos, reprimindo gestos, esboçando rictos, inefando e conatando, o coração palpitando.[5] Com os dementes também fracassei, por pouco. As coisas nessa época devem ter se passado assim, mas melhor vermos de que maneira se passam atualmente. Jovem, olhava para os velhos com espanto e temor. O que me deixa sem fala agora são os bebês que berram. A casa está cheia deles afinal. *Suave mari magno*,[6] sobretudo no desembarque. Que tédio. E eu que acreditava ter tudo tão bem arranjado. Se pudesse usar meu corpo me jogaria pela janela. Mas talvez seja porque sou impotente que ainda me permito esse pensamento. Tudo se liga, tudo liga você. Infelizmente ignoro em que andar estou, talvez esteja no mezanino. As portas que batem, os passos na escada, os barulhos da rua não me informaram nada a esse respeito. Sei apenas que há vivos acima de mim e abaixo de mim. Portanto não estou no subsolo. Aliás às vezes vejo o céu e, através da janela, outras janelas do

5. As formas verbais "inefando" e "conatando" são neologismos para traduzir os neologismos em francês e inglês "ineffant" e "conatant"; "ineffing" e "conating", respectivamente. O primeiro, "inefar", remete a "inefável". No romance *Watt*, Beckett faz Arsene usar a frase "to eff the ineffable", cujo sentido equivaleria a "nomear o inefável". Isso pode dar uma pista para a interpretação desse verbo. "Conatar", por sua vez, remete a "conação" (do latim *conatio*, que significa esforço, empenho), palavra mencionada no início desse trecho. Mantive a rima dos dois últimos verbos da frase, presente tanto em francês como em inglês. (N.T.)
6. Início do livro II de *De rerum natura*, do poeta latino Lucrécio, em que se louva a sensação de prazer que alguém experimenta ao observar, na segurança da terra firme, os perigos que outros enfrentam no mar revolto. (N.T.)

outro lado aparentemente. Mas isso não prova nada. Não quero provar nada. Isso se diz. Talvez afinal eu esteja numa espécie de cripta e este espaço que tomo por rua não seja mais que um fosso largo para o qual dão outras criptas. Mas esses barulhos então que sobem, esses passos que sobem na minha direção? Talvez ainda haja outras criptas mais profundas que a minha, por que não? Neste caso a questão de saber em que andar estou se coloca de novo, não ganho nada ao supor que estou no subsolo se há vários, uns sobre os outros. Mas esses ruídos, esses passos, que digo que sobem na minha direção, sobem realmente? Nada na verdade permite afirmar isso. Daí a concluir por alucinações puras e simples é um passo que hesito em dar. E acredito de verdade que há pessoas nesta casa que vão, vêm e se falam, assim como um bocado de bebês bonitos, sobretudo há algum tempo, que os pais mudam com frequência de lugar, para que não peguem o hábito da imobilidade, prevendo o dia em que terão de se deslocar sem ajuda. Mas pensando bem não saberia situá-los. E no fim das contas nada se parece mais com um passo que sobe do que um passo que desce ou mesmo que vai e vem sem mudar nunca de nível, quero dizer para aquele que não apenas ignora onde se encontra e por consequência ao que deve exatamente prestar atenção, do ponto de vista sonoro, mas ao mesmo tempo está surdo pela metade na metade do tempo. A possibilidade também não me escapa claro, por mais decepcionante que seja, de que eu esteja morto desde já e que tudo continue mais ou menos como no passado. Talvez tenha expirado na floresta, até mesmo antes. Neste caso todo o trabalho que me dou há algum tempo, com um objetivo a respeito do qual não me lembro mais de grande coisa a não ser que devo a ele o sentimento de não ter mais muito tempo, todo esse trabalho foi absolutamente inútil. Mas o bom senso me diz que ainda não parei completamente de ofegar. E invoca, em apoio a essa maneira de ver, diversas considerações tendo relação por exemplo com o montinho das minhas posses, com meu sistema de alimentação e eliminação, com o casal da frente, com as mudanças do céu, etc. Enquanto que tudo isso não passe talvez na realidade dos meus vermes. Tomemos por exemplo a luz que reina neste cubículo. Ela é estranha, é o mínimo que se pode dizer, realmente o mínimo. Há uma espécie de noite e de dia aqui comigo, é uma coisa certa, fica até completamente escuro com muita frequência, mas isso não se dá sempre da maneira com a qual eu tinha, parece, me acostumado, antes de me encontrar aqui. Exemplo, nada se compara aos exemplos, uma vez que ficava completamente escuro aqui comigo eu esperava a aurora com ligeira impaciência, precisando dela para fazer certas coisas que é difícil para mim fazer na escuridão. E pouco a pouco de fato a claridade voltava e eu podia enganchar com o meu bastão os objetos de que precisava. Mas eis que essa claridade, em vez de ser a da manhã, se revelava a do entardecer. E o sol, longe de subir cada vez mais no céu como eu esperava, eis que ia se pondo e a noite, da qual à minha maneira acabara de saudar o fim, se fazia impiedosamente de novo. Agora o contrário de algum modo, quero dizer o dia se acabando no crepúsculo da aurora, devo confessar que nunca tinha visto, e isso me dá dó, quero dizer, não poder me decidir a afirmar que vi isso também. E todavia com frequência chamei a noite com todas as minhas pobres forças, por assim dizer depois da manhã, com a mesma frequência que esta, depois do entardecer. Mas antes de abandonar esse assunto e abordar outro, direi francamente que nunca fica claro aqui comigo, nunca claro de verdade. Ela fica lá fora, a claridade, o ar cintila, o granito da parede do outro lado brilha com toda a sua mica, ela está contra a minha vidraça, a claridade, mas não passa, de modo que aqui tudo se banha, não direi na sombra, nem mesmo na penumbra, mas numa espécie de luz de chumbo que não lança sombra e que por consequência é difícil para mim saber de onde vem, pois parece vir de todos os lados de uma vez e com uma força igual. E estou convencido de que, por exemplo, debaixo da minha cama está tão claro neste momento quanto no teto, por exemplo, o que não é dizer muito, mas é para lhes dizer, para lhes dizer. E o que há a dizer a não ser que não há de verdade nenhuma cor aqui, exceto na medida em que esta incandescência cinzenta seja uma. Sim, poderíamos falar de cinza sem dúvida, por mim concordo, e então o jogo ou conflito se dará em mim entre esse cinza e o negro que ele recobre mais ou menos, ia dizer conforme a hora, mas isso não parece ser sempre uma questão de hora. Eu mesmo sou cinza, tenho mesmo a impressão às vezes de emitir cinza, do mesmo jeito que meus lençóis por exemplo. E até mesmo a minha noite não é a do céu. Evidentemente negro é negro em toda parte. Mas como é que meu pequeno espaço não se beneficia dos astros que por acaso vejo brilhar ao longe e que esta lua onde Caim pena sob seu fardo não ilumina nunca meu rosto? Em suma parece haver a luz lá de fora, a dos homens que sabem que o sol emerge em tal hora e em tal outra mergulha de novo por trás do horizonte, e que contam com isso, e que nuvens são sempre previstas mas que acabam por se dissipar cedo ou tarde, e a minha. Mas ela também tem suas alternâncias, a minha luz, não quero negar isso, seus crepúsculos e auroras, mas sou eu quem diz, pois tenho que viver eu também, é algo que não perdoa. E quando olho bem para o teto, as paredes, vejo que não há possibilidade de fazer uma luz aqui comigo, artificialmente, como as pessoas do outro lado por exemplo. Para isso seria preciso que me dessem um lampião, uma tocha, sei lá, mas não sei se este ar é dos que se prestam à combustão. Lembrete, procurar um fósforo nas suas coisas, suas posses, ver se acende. Os barulhos também, gritos, passos, portas, sussurros, cessam durante dias inteiros, dias dos outros. Então é o silêncio do qual, prevenido, me contentarei em dizer que ele não tem nada de, como dizer, nada de negativo talvez.

E suavemente meu pequeno espaço zune, de novo. Vocês diriam que é na minha cabeça, e me parece com frequência de fato que estou numa cabeça, que estas oito, não, estas seis paredes são de osso maciço, mas daí a dizer que é a minha própria cabeça, não, isso nunca. Uma espécie de ar circula, devo dizê-lo, e quando tudo se cala eu o ouço se lançar contra os tabiques que o rejeitam naturalmente. E então em alguma parte no centro ele se ata e se desata em outras ondas, outros ataques, donde sem dúvida este barulho débil de praia aérea que é o meu silêncio. Ou é a tempestade que se levanta, como na atmosfera terrestre, e cobre os gritos das crianças, dos moribundos e dos amantes, dos quais digo então na minha ingenuidade que cessam, enquanto na realidade eles não cessam nunca. É difícil se decidir. E no crânio é o vácuo? Vejamos. E se fecho os olhos, fecho de verdade, como os outros não conseguem, mas como eu consigo, pois há limites para a minha impotência, então às vezes minha cama se eleva e voga através dos ares, ao sabor dos redemoinhos, como uma palha, e eu lá dentro. Não é uma questão de pálpebras felizmente, é como se fosse a alma que se devesse cegar, esta alma que em vão se nega, penetrante, espreitadora, inquieta, girando na sua jaula como numa lanterna na noite sem portos nem barcos nem matéria nem entendimento. Ah sim, tenho as minhas distraçõezinhas e elas deveriam

Que azar, o lápis deve ter caído da mão, pois acabo de recuperá-lo somente depois de quarenta e oito horas (ver mais acima em alguma parte) de esforços intermitentes. O que falta ao meu bastão é uma pequena tromba preênsil como a dos tapires noturnos. No fundo deveria perder meu lápis com mais frequência, não me faria mal, me comportaria até mesmo melhor acho, eu ficaria mais alegre, isso ficaria mais alegre. Acabo de passar dois dias inesquecíveis dos quais não saberemos nunca nada, o recuo é grande demais, ou nem tanto, não sei mais, só que eles me permitiram resolver tudo e acabar tudo, quero dizer tudo no tocante a Malone (é de fato assim que me chamo atualmente) e ao outro, pois o resto não é da minha alçada. E era, em menor grau dizível, como dois desabamentos de areia fina ou talvez poeira ou cinzas, de tamanho certamente desigual mas indo de algum modo juntos, e deixando atrás deles, cada um em seu próprio lugar, a coisa querida que é a ausência. Enquanto isso procurava reaver meu lápis, aos trancos. É um pequeno Venus, verde ainda sem dúvida, de cinco ou seis faces, e com ponta dos dois lados, e tão curto que tem justo o lugar, no meio, para o polegar e os dois dedos seguintes, reunidos como num torno. Me sirvo das duas pontas alternadamente, chupando-as com frequência, adoro chupar. E quando ficam rombas eu as desbasto com as minhas unhas que são longas, amarelas e afiadas e se quebram com facilidade, por falta de cálcio ou de fosfato talvez. Assim pouco a pouco meu lápis diminui, é inevitável, e chegará o dia em que não sobrará mais que um fragmento tão ínfimo que não poderei mais segurá-lo. Apoio então o mínimo possível, mas o grafite é duro e não deixaria traço se não o apoiasse. Mas digo a mim mesmo, Entre um grafite duro sobre o qual é preciso apoiar, para que deixe um traço, e um grafite macio e gorduroso que enegrecesse a página quase sem tocá-la, que diferença poderia exatamente haver, do ponto de vista da durabilidade? Ah, sim, tenho as minhas distraçõezinhas. O mais curioso, é que tenho outro lápis, um francês, cilindro longo mal cortado, em algum lugar da cama acho. Então não é preciso se inquietar, a esse respeito. E todavia estou inquieto. Ainda agora enquanto fazia a caça ao lápis fiz uma descoberta curiosa. O assoalho está ficando branco. Bati nele com o meu bastão diversas vezes e emitiu um som ao mesmo tempo seco e oco, errado mesmo. Alertado assim observei atentamente as outras superfícies grandes, acima de mim e em todo o meu redor. Enquanto isso a areia continuava escorrendo e dizia a mim mesmo, Não vou tê-lo nunca mais, falando do lápis. E pude constatar que todas essas superfícies grandes, ou deveria dizer infrafícies, tanto a horizontal quanto as verticais, embora não pareçam muito verticais aqui, desbotaram visivelmente também, desde a última inspeção, que data não sei mais de quando, o que é mais impressionante porque a tendência das coisas em geral é antes escurecer, acho, com o tempo, fora evidentemente os restos mortais e depois certas partes do corpo ainda vivo que se descolorem e das quais o sangue se retira, a longo prazo. É para dizer que está mais claro aqui comigo agora que sei o que está se passando? Pois bem, devo dizer que não, é o mesmo cinza de antes, que uma vez ou outra cintila literalmente, depois se turva e enfraquece, se espessa se preferirmos, a ponto de esconder tudo do meu olhar exceto a janela que parece ser de algum jeito o meu umbigo e sobre a qual digo que no dia em que se eclipsar saberei mais ou menos a que me apegar. Não, tudo o que quero dizer é que ao arregalar os olhos, vejo luzir nos confins destas trevas inquietas como que ossos, o que não era o caso até o momento, que eu saiba, e até me lembro distintamente da tapeçaria ou papel de parede que se colava ainda às paredes em alguns lugares e onde se contorciam rosas, violetas e outras flores numa abundância tal que me parecia nunca ter visto tantas na vida nem tão belas. Mas de tudo isso nada parece sobreviver, atualmente, e se no teto não havia flores, havia sem dúvida outra coisa, amores talvez, eles também desaparecidos. E durante minha perseguição ao lápis, num dado momento meu caderno de criança quase, a julgar por certos indícios, ele também caiu no chão, mas consegui depressa recuperá-lo, deslizando o gancho do meu bastão por um dos rasgões da capa e levantando-o suavemente. E durante todo esse tempo, tão fértil em incidentes e contratempos, na minha cabeça, suponho, tudo deslizava e se esvaziava como através de comportas, para minha grande alegria, até que finalmente não sobrou mais nada, nem de Malone nem do outro. E mais ainda que eu acompanhava muito bem as diversas fases dessa libertação e não me surpreendia nem um pouco de vê-la ora refrear ora acelerar seu curso, tão clara estavam para mim as razões pelas quais as coisas não podiam se passar de outro modo. E me alegrava também, independentemente do espetáculo, com a ideia de que agora sabia o que tinha de fazer, eu que toda a minha vida fui às apalpadelas, e para quem a imobilidade também era uma espécie de apalpamento, sim, fiquei muito imóvel às apalpadelas. Sobre o que eu naturalmente ainda me iludia, quero dizer ao achar que via com clareza enfim as minhas atribulações absurdas, mas apesar de tudo não a ponto de poder me querer mal neste momento. Pois mesmo enquanto me dizia, Como é simples e belo!, estava me dizendo, Tudo vai escurecer de novo. E é sem demasiada tristeza que nos reencontro tal como somos, a saber tirando grão por grão até que, com a ajuda do cansaço, a mão começa a brincar, a encher-se e esvaziar-se ali mesmo, sonhadoramente como se diz. Pois eu me aguardava ali, enquanto dizia a mim mesmo, Enfim! E devo dizer da minha parte que esta sensação me era de longa data familiar, de uma mão frouxa e cega molemente escavando nas minhas partículas e deixando-as escorrer entre seus dedos. E me acontece inclusive, quando tudo está tranquilo, de senti-la mergulhar em mim até o cotovelo, mas tranquila e se poderia dizer a dormir. Mas logo ela estremece, acorda, me afaga, encrespa, vasculha e às vezes saqueia, como para se vingar de não poder varrer-me. Eu a compreendo. Mas senti tantas coisas estranhas e sem fundamento certamente que valeria mais a pena não dizê-las. Falar por exemplo desses períodos em que me liquefaço e passo ao estado de lama, de que iria servir? Ou de outros em que me perderia no buraco de uma agulha, de tal modo me endureço e contraio? Não, essas são tentativas amáveis mas que não mudam nada do caso. Estava falando então das minhas distraçõezinhas e ia dizer que acho que faria melhor se me contentasse com elas em vez de me lançar nessas histórias para boiada dormir[7] de vida e de morte, se é bem disso que se trata, e suponho que sim, pois nunca se tratou de outra coisa, que me lembre. Mas dizer do que se trata exatamente, seria de todo incapaz, no momento. É vago, a vida e a morte. Devo ter tido minha ideiazinha, quando comecei, senão não teria começado, teria me mantido calmo, teria continuado calmamente a me entediar direto, fazendo gracinhas, com os cones e cilindros, por exemplo, com os grãos de milho-painço e outros pânicos,[8] esperando que fizessem o favor de vir tomar minhas medidas. Mas ela saiu da cabeça, minha ideiazinha. Isso não importa, acabo de ter outra. Talvez seja a mesma, as ideias se parecem tanto, quando as conhecemos. Nascer, eis minha ideia neste momento, quer dizer viver o tempo de saber o que é o gás carbônico livre, depois agradecer. Isso sempre foi o meu sonho no fundo. Tantos arcos e nenhuma flecha. Sem necessidade de memória. Sim, eis aqui, sou um velho feto neste momento, encanecido e impotente, minha mãe não aguentou mais, eu a apodreci, ela está morta, ela vai parir por meio da gangrena, papai também talvez esteja na festa, vou desembocar vagindo, em pleno ossuário, aliás não vou vagir, não vale a pena. O tanto de histórias que contei para mim, enganchado no mofo, e inchando, inchando. Dizendo a mim mesmo, É isso aí, eu a consegui, minha lenda. E o que mudou para que me excite dessa maneira? Não, digamos logo, não vou nascer nem consequentemente vou morrer nunca, é melhor assim. E se me conto, e depois

7. No original: "*dans ces histoires à crever debout*"; a expressão francesa é "*histoire à dormir debout*", que corresponderia a uma história falsa, absurda, sem sentido; como *crever* significa morrer, também intensifiquei a expressão em português. (N.T.)

8. "Milho-painço" ou "milho-da-itália" — no original, *millet des oiseaux* — possui o nome científico de *Panicum miliaceum*, daí os "outros pânicos" da frase. (N.T.)

o outro que é meu pequeno, e que comerei como comi os outros, é como sempre, por necessidade de amor, merda então, não esperava isso de mim, necessidade de um homúnculo, não consigo parar. E no entanto me parece que nasci e que vivi longamente e reencontrei Jackson e vaguei pelas cidades, pelos bosques e desertos, e que fiquei longamente à beira de mares em prantos diante das ilhas e penínsulas onde à noite vinham brilhar as luzinhas amarelas e breves dos homens e toda a noite os grandes raios brancos ou de cores vivas que vinham para dentro das cavernas onde eu estava feliz, agachado na areia abrigado pelos rochedos em meio ao cheiro das algas e da rocha úmida, ao barulho do vento das ondas me açoitando de espuma ou suspirando na praia e arranhando apenas o calhau, não, feliz não, isso nunca, mas desejando que a noite não terminasse nunca nem retornasse o dia que faz os homens dizerem, Vamos, a vida passa, é preciso aproveitá-la. Aliás pouco importa se nasci ou não, se vivi ou não, se estou morto ou somente morrendo, vou fazer como sempre fiz, na ignorância do que faço, de quem sou, de onde estou, de se eu sou. Sim, vou tentar fazer, para segurar nos braços, uma pequena criatura, à minha imagem, diga o que disser. E vendo-a mal vinda, ou por demais parecida, vou comê-la. Depois ficarei só por um bom tempo, infeliz, sem saber qual deva ser a minha prece, nem para quem.

Levei tempo para reencontrá-lo, mas reencontrei. Como foi que o reconheci? Não sei. E o que pôde mudá-lo a este ponto? A vida talvez, as tentativas de amar, de comer, de escapar dos justiceiros. Deslizo para dentro dele, na esperança sem dúvida de aprender alguma coisa. Mas são terrenos sem restos nem rastros, à primeira vista. Mas terminarei mesmo por achar vestígios ali. Foi em plena cidade que dei com ele, sentado num banco. É quase um velho atualmente. Como o reconheci? Pelos olhos talvez. Não, não sei como o reconheci, não vou me retratar de nada. Talvez não seja ele. Pouco importa. É meu agora. É um ser vivo ainda e inútil dizer do sexo masculino, vivendo esta vida terminante que é como uma convalescença, se as minhas lembranças são minhas, e da qual nos desgostamos trotando atrás do sol, ou debaixo da terra, nos corredores do metropolitano. Por toda parte é a multidão dos de saco cheio, pegando as passagens, carregados de malas, eternamente lá no lugar errado na hora errada. Preciso mais de quê? Sim, os dias ainda eram curtos então, e bem preenchidos, na busca por aquecimento e por coisinhas não de todo ruins de comer. E imaginamos que será assim até o fim. Mas de repente tudo recomeça a se irar e bradar, você está perdido entre imensas samambaias clicantes ou arremessado através de estepes fustigadas pela tempestade, a se perguntar se não está morto à revelia ou nasceu de novo em alguma parte. Então é difícil acreditar nesses anos breves, em que os padeiros eram com frequência indulgentes, no fim do dia, e as maçãs assadas, sempre adorei as maçãs, de graça por assim dizer desde que você soubesse se comportar, e em que havia sol e abrigo para quem realmente precisava deles. Mas se trata mesmo de mim! E lá está ele bem tranquilo no seu banco, as costas para o rio, e vestido como vamos ver, embora as vestes nada importem, sei disso, sei disso, mas nunca terá outras, sinto isso. E se já faz muito tempo que ele as tem, a julgar pela sua deterioração, não faz mal, são as últimas. Mas é principalmente o sobretudo que é notável, no sentido de que o cobre e o subtrai aos olhares. Pois é tão bem abotoado, de alto a baixo, por meio de uma quinzena de botões no mínimo, afastados uns dos outros por três ou quatro polegadas no máximo, que não deixa aparecer nada do que se passa no interior. E inclusive os pés, sabiamente pousados no chão um ao lado do outro, ele os esconde em parte, apesar da dobra dupla do corpo, abaixo do tronco primeiro, onde os fêmures fazem um ângulo reto com a bacia, e depois nos joelhos, onde as tíbias retomam a vertical, pois a pose não tem relaxamento algum, e não fosse a ausência de liames você poderia achar que ele estava sustentado por liames, tão imóvel e rígida é a pose e feita de planos e ângulos nítidos, como a do colosso de Memnon, filho da bem-amada Aurora.[9] O que equivale a dizer que quando ele anda, ou fica simplesmente em pé, a borda do sobretudo varre literalmente o chão e faz o barulho de uma cauda, quando ele anda. E de fato esse sobretudo termina numa franja, como certas cortinas, e das mangas também a trama é aparente e enfeitada por longos fios travessos que se divertem ao vento. E as mãos também ficam escondidas, como é de se esperar, pois as mangas desse tapa-miséria são do tamanho do resto. Mas o colarinho ficou incólume, por ser de veludo ou talvez de pelúcia. Agora quanto à cor, pois a cor também é algo importante, por mais que se negue, tudo o que se pode dizer é que o verde predomina. E ao apostar que quando novo esse sobretudo era de um verde bonito e liso você não se arriscaria muito, de um verde pode-se dizer de fiacres e coches com painéis de um bonito verde garrafa, devo tê-los visto eu mesmo, e nem mesmo me surpreenderia se tivesse passeado neles. Mas talvez esteja errado ao chamar de sobretudo essa roupa e estaria mais bem inspirado ao ver nela um capote ou até mesmo uma sobreveste, pois é este com efeito o efeito que faz, de estar sobre e por cima de tudo, com exceção evidentemente da cabeça, que se ergue, altiva e impassível, fora de seu abraço. Sim, as paixões o marcaram, as ações também pro-

9. O colosso de Memnon: uma das duas estátuas do faraó Amon-hotep III, situadas na necrópole da antiga Tebas, no Egito. Um terremoto em 27 a.C. teria aberto uma fenda na estátua, onde se acumulava umidade à noite e, aos primeiros raios do sol da manhã, a evaporação da água fazia a estátua emitir um som. Quando os gregos visitaram o lugar, associaram o colosso ao herói Memnon, filho de Eos (a Aurora). A estátua de Memnon cantaria todas as manhãs, saudando sua mãe. (N.T.)

vavelmente, mas não sofre mais, diríamos, por ora. Mas nunca se sabe. Quanto aos botões, não são propriamente falando botões de verdade, mas antes pequenos cilindros de madeira, de duas, três polegadas de comprimento, com um buraco no meio por onde passa a linha, pois um buraco é mais que suficiente, digam o que disserem, isso por causa do alargamento desmedido das casas, consequência do uso. E quando digo cilindros talvez esteja indo longe demais, pois se no meio desses bastõezinhos ou cavilhas há de fato alguns cilíndricos, há também os que não têm forma muito definida. Mas todos têm mais ou menos duas polegadas e meia de comprimento e assim impedem que as duas abas se separem uma da outra, todos têm esse traço em comum. Agora no que diz respeito ao tecido desta roupa, tudo o que se pode dizer dele é que parece quase feltro. E as mossas e bossas que as diferentes torções e abalos do corpo infligem nele subsistem, acalmadas, por um bom tempo ainda. É isso quanto ao sobretudo. Vou me contar histórias sobre os sapatos outra vez, se der. O chapéu, orgulhosamente abaulado, duro como aço, de abas estreitas e viradas para cima, traz no occipício uma fenda larga destinada provavelmente a facilitar a recepção do crânio. Pois sobretudo e chapéu têm isso em comum, que aquele é grande demais, este pequeno demais. E ainda que fendidas assim as abas pareçam as mandíbulas de uma armadilha, contudo para maior segurança um barbante amarra o chapéu ao primeiro botão do sobretudo a partir de cima, pois, pouco importa. Mas não faltaria dizer mais nada sobre a estrutura desse chapéu se não faltasse dizer o mais importante, estou falando agora evidentemente da cor dele, da qual tudo o que se pode dizer é que em pleno sol ela deixa entrever fracos reflexos camurça e cinza pérola e fora isso tende ao preto, sem todavia nunca chegar a ele realmente. E não haveria nada de surpreendente se esse chapéu tivesse pertencido antes a um atleta qualquer, a um turfista ou criador de carneiros. Considerando-os agora, não mais separadamente, mas em relação um com o outro, fica-se logo agradavelmente surpreso, ao ver como esse sobretudo e esse chapéu combinam bem. E você se diz que afinal podem ter sido comprados, um no alfaiate, outro no chapeleiro, na mesma época, talvez no mesmo dia, pelo mesmo dândi, pois existem belos homens de dois metros ou mais e com tudo nos conformes salvo a cabeça, pequena e de raça. E dá gosto de se ver mais uma vez na presença de uma dessas relações imutáveis com termos se degradando em conjunto que fazem com que você quase se resigne, nos dias de preguiça, ia dizer à imortalidade da alma, mas não vejo relação. Mas para passar agora à vestimenta propriamente dita, subjacente ou mesmo íntima, pois não vimos até o momento senão a do ar livre, dos lugares públicos, é difícil antecipar algo com segurança, por ora, a esse respeito. Pois Sapo — não, não posso mais chamá-lo assim, e inclusive me pergunto como pude aguentar esse nome até agora. Então pois, vejamos, pois Macmann, isso não está muito melhor mas não há tempo a perder, pois Macmann poderia estar nu em pelo debaixo desse, desse casacão, que não se veria nada na superfície. O entediante é que ele não se mexe. Desde a manhã está ali e agora é o entardecer. Em uma hora será noite. Rebocam-se para o porto os últimos barcos, de chaminés pretas e vermelhas, carregados de barris vazios. A água embala já, extingue em sua marulhada e depois em poças largas tremulantes desdobra de novo, os raios distantes do pôr do sol, laranja, rosa e verde. Ele lhe volta as costas, mas o rio se mostra a ele talvez nos gritos horríveis das gaivotas que a noite ajunta, em paroxismos de fome, ao redor das bocas de esgoto, diante do hotel Bellevue. Sim, elas também, antes de galgar os altos rochedos noturnos, se inflamam uma última vez, por cima dos dejetos. Mas o que ele encara são as pessoas, numerosas na rua àquela hora, terminado o seu dia, toda a longa noite pela frente. As portas, as dos escritórios, as das lojas, e as outras portas, vomitam cada uma seu contingente. Os grupos entregues assim à liberdade se mantêm compactos por um instante, na calçada, na sarjeta, como que aturdidos, depois se deslocam, cada um tomando o caminho que lhe está traçado. E mesmo aqueles que se sabem votados a começar na mesma direção, pois o número não é grande, finalmente, para começar, dos caminhos que se pode tomar, mesmo esses se cumprimentam com muita frequência e depois se despedem, mas educadamente, uns dizendo que estão atrasados talvez, outros com o pretexto de fazer compras noutra parte, enfim não importa o quê, ou ainda sem nenhuma explicação, pois afinal cada um tem seus hábitos e conhece os dos outros e sabe o pouco que pode contar com eles. E tanto pior para quem tem vontade, excepcionalmente, de caminhar um pouco, em liberdade, com um semelhante, pouco importa qual, a menos que tenha a felicidade, justo naquela noite, ao deixar a fábrica, o balcão, de se deparar com outro sofrendo do mesmo mal. Então, felizes, dão alguns passos juntos, depois se despedem, dizendo de si para si talvez cada um de sua parte, Agora vai pensar que tudo é permitido, ou uma frase mais curta provavelmente, e mesmo inacabada, seguindo o modelo daquelas com as quais sozinho você descansa das miudezas da vida em sociedade. Nesta hora então, que reabre para tantos a via do descanso e das distrações, os casais, cuja maioria se resume a uma simples questão de interesse erótico, são pouco numerosos em comparação com os solitários, singrando em todos os sentidos as ruas e encruzilhadas, obstruindo os acessos aos lugares de diversão, debruçados nos parapeitos, encostados aqui e ali nas paredes dos edifícios. Mas não demoram a chegar onde são esperados, alguns na própria casa ou na dos outros, outros fora como se diz, num lugar público ou num local combinado, com frequência numa entrada ou sob uma marquise, se há previsão de chuva. E entre estes últimos os primeiros a chegar só o fazem com mais frequência por pouco, sabendo ser breve o tempo que lhes resta para dizer tudo o que têm no coração e no estômago e para fazer as coisas que têm a fazer juntos, aquelas que você não pode fazer só. Ali estão portanto ainda por algumas horas com certeza. Depois virá o sono, a cadernetinha com o lapisinho dela, as despedidas bocejantes. Há inclusive quem tome um fiacre, para chegar mais depressa ao encontro ou, terminada a farra, para voltar para casa, ou para o hotel, onde uma boa cama os espera. Então você vê o cavalo, vivendo sua curta fase entre um passado próximo de cavalo de lazer, ou de corrida, ou de carga, ou de tiro, em casas abastadas, e o abatedouro. Ele passa a maior parte do tempo parado, o ar oprimido, a cabeça inclinando-se tão baixo quanto os varais e os arreios permitem, quer dizer quase no calçamento. Mas a corrida o transforma, a princípio pelo menos, talvez por causa das lembranças que desperte, pois só o fato de correr e puxar não deve encantá-lo, em tais condições. Mas quando os varais se levantam, avisando que acabam de pegar um cliente, ou ao contrário a couraça começa a entrar-lhe no espinhaço, conforme o cliente se acomode no sentido do caminho ou naquele talvez ainda mais repousante de costas, então ele ergue a cabeça, estica os jarretes e assume um ar quase contente. Vê-se o cocheiro também, sozinho no seu assento a dez pés do chão, os joelhos cobertos, qualquer que seja o clima e a estação, com uma coberta o mais das vezes primitivamente marrom, exatamente a mesma que acaba de arrancar da garupa do seu animal. É em geral furioso e violáceo, por força talvez de esperar o viajante, e a menor corrida paga parece excitá-lo até um frenesi. Com suas enormes mãos exasperadas ele puxa as rédeas ou, levantando-se pela metade e inclinando-se para frente, as faz estalar com raiva ao longo de todo o espinhaço. E lança sua equipagem às cegas com toda a força por ruas atravancadas e escuras, a boca cheia de injúrias. Mas o passageiro, tendo nomeado o lugar aonde deseja ir e sabendo-se tão impotente para agir sobre o desenrolar dos acontecimentos quanto a caixa escura que o contém, deixa-se levar talvez pelo agradável sentimento de ter se livrado de toda responsabilidade, ou reflete sobre aquilo de que se aproxima, ou aquilo de que se afasta, dizendo a si mesmo, Não será sempre a mesma coisa, e imediatamente depois, Mas sempre foi a mesma coisa, pois não existem quatrocentos tipos de passageiros. Assim se apressam, o cavalo, o cocheiro e o passageiro, rumo ao lugar mencionado, pelo caminho mais curto ou fazendo desvios, através da multidão dos outros deslocados. E cada um tem seus motivos, enquanto se perguntam de tempos em tempos o que valem, e se são bons, para ir aonde vai e não a outro lugar, e não a nenhuma parte, e o cavalo apenas mais obscuramente que os outros, e embora não saiba aonde vai senão quando chega, e nem assim. E se é mesmo o crepúsculo, outro fenômeno a fixar é a quantidade de janelas e vitrines que se acendem por um instante, à imagem quase do sol poente, embora isso dependa da estação. Mas para Macmann, ufa, aí está ele outra vez, é mesmo um entardecer de primavera, um vento de equinócio ruge ao longo dos cais, margeados de parte a parte do rio de altos edifícios vermelhos, dos quais muitos são entrepostos. Ou talvez seja um entardecer de outono e estas folhas que volteiam no ar, vindas não se sabe de onde, pois aqui não há árvores, não são mais as primeiras do ano, a custo verdes, mas as velhas, que conheceram as longas alegrias do verão e não são mais boas agora senão para fazer húmus, agora que os homens e os animais não precisam mais de sombra, pelo contrário, nem os pássaros de ninhos onde pôr e chocar, e que inclusive ali onde nenhum coração bate as árvores devem escurecer, embora haja, parece, as que ficam sempre verdes, você se pergunta por quê. E para Macmann isso dá sem dúvida na mesma que seja primavera ou outono, a menos que ele prefira o verão ao inverno ou inversamente, o que é pouco provável. Mas você estaria errado se achasse que ele não vai se mexer nunca mais, não vai nunca mais mudar de lugar nem de atitude, pois ainda tem toda a velhice à sua frente, e depois em seguida esta espécie de epílogo em que não se vê muito bem do que se trata e que não parece acrescentar grande coisa ao já adquirido nem retirar dele nada da sua confusão, mas que tem sem dúvida sua utilidade, como se deixa secar o feno antes de guardá-lo. Ele vai se levantar portanto, quer queira ou não, e alcançará por outros lugares um outro lugar, e de lá por outros ainda um outro ainda, a menos que retorne para cá, onde parece não se desgostar muito, mas nada é menos certo, e assim por diante, durante longos anos. Porque para não morrer é preciso ir e vir, a menos que se tenha alguém que o alimente ali mesmo, como eu. E pode-se ficar dois, três e até quatro dias sem se mexer, mas o que é isso, quatro dias, quando se tem a velhice à sua frente, e depois as demoras da evaporação, uma ninharia. É verdade que não se sabe ainda, você acha que se segura por um fio, como todo mundo, mas não é essa a questão. Pois não adianta nada ignorar isso e aquilo, ou se sabe tudo ou não se sabe nada, e Macmann não sabe nada, só quer considerar sua ignorância de certas coisas, daquelas que o assustam entre outras, o que é humano, mas isso vai passar. E é mesmo um erro de cálculo, pois no quinto dia é preciso se levantar, e você se levanta de fato, mas com quantas dores a mais do que se tivesse se resignado na véspera, ou melhor ainda na antevéspera, e por que adicionar a suas dores, é um erro de cálculo, se é mesmo que você adiciona de verdade, e isso não é certo. Pois no quinto dia, quando se trata de se levantar, você não pensa mais no quarto e no terceiro, pensa no trabalho que dá, tendo perdido metade do juízo. E às vezes não se consegue, quero dizer, se pôr de pé, e você deve arrastar-se até a plantação de legumes mais próxima, valendo-se de tufos de grama e das asperezas do solo para se arrastar em frente, ou até as moitas de amoras-pretas, onde às vezes há coisas boas de comer, embora ácidas, e que são superiores às plantações de legumes no seguinte, que você pode se meter e se esconder nelas, o que é trabalhoso entre batatas por exemplo, sobretudo quando estão maduras, e com frequência nelas também você perturba os animais ariscos ou amedrontados, mas raramente maldosos, tanto de penas quanto de pelos, é uma alegriazinha. Pois não é que ele tivesse os meios de obter, num só dia, provisões suficientes para se manter vivo durante três semanas ou um mês, e o que é isso, um mês, ao lado da senilidade inteira, sem falar do fossário, uma miséria. Mas não os tem, e se tivesse não saberia aproveitar-se deles, de tanto que se sente longe do amanhã. E sem dúvida não acredita mais nele, por força de tê-lo esperado em vão. E talvez ele esteja ali naquele instante em que viver é vagar sozinho vivendo no fundo de um instante sem bordas, em que a luz não varia e os destroços se assemelham. Os olhos apenas mais azuis que uma clara de ovo fixam o espaço diante deles, que seria então a plenitude eternamente calma dos abismos. Mas de longe em longe fecham-se de novo, com aquela doce subitaneidade de carnes que se fecham, frequentemente sem raiva, e fecham-se de novo sobre si mesmas. Então veem-se as velhas pálpebras, vermelhas e enrugadas, que parecem ter trabalho para se juntarem, pois existem quatro, duas para cada canal lacrimal. E talvez seja agora que ele veja o céu do velho sonho, os cruzeiros e a terra também, e os espasmos das ondas em que nenhuma se mexe sem que todas as outras se mexam outro tanto, e o movimento tão diferente dos homens, por exemplo, que não estão ligados uns aos outros mas livres para ir e vir, cada um do seu jeito. E eles não se fazem de rogados e vão e vêm, no estrépito de matraca dos cliques de suas grandes articulações, cada um do seu lado. E quando um morre os outros continuam, como se não fosse nada.

Sinto

Sinto que está chegando. Como vai, obrigado, está chegando. Queria ter certeza, antes de anotar. Escrupuloso até o fim, eis Malone, tim-tim por miúdo tim-tim.[10] Certeza, quero dizer, de sentir que é para breve, pois nunca duvidei que venha mais cedo ou mais tarde, salvo talvez nos dias em que me parece que já veio. Pois por mais que me conte histórias, no fundo nunca deixei de me acreditar vivendo a vida do ar da terra, mesmo em dias abundantes em provas do contrário. Em breve, quer dizer, daqui a dois ou três dias, para falar como quando me ensinaram os nomes dos dias e me surpreendi que fossem tão pouco numerosos, e agitava meus pequenos punhos gritando, Mais! Mais! e o significado dos mostradores, e o que é isso, dois ou três dias, no fim das contas, a mais ou a menos, uma piada. Mas boca de siri, pois é preciso jogar e perder, para se comportar bem, e só tenho que continuar como se fosse durar até o São João, pois creio que alcancei o que chamam de mês de maio, não sei por quê, quero dizer, porque acho que o alcancei, pois maio vem de Maia, merda, também guardei isso, deusa do crescimento e da abundância, sim, creio que cheguei na estação do crescimento e da abundância, é uma simples crença, do crescimento pelo menos, pois a abundância só vem mais tarde, com as colheitas. Então calma, calma, ainda é um logro, ainda estarei aí em Todos os Santos, em

10. Beckett, no texto em francês, faz um jogo com dois provérbios. O primeiro, "*être à cheval sur les principes*", significa ser rigoroso quanto ao cumprimento dos princípios, das regras. O segundo, "*couper les cheveux en quatre*", quer dizer ser minucioso ao extremo. Daí a frase em francês, caracterizando a minuciosidade de Malone: "*Scrupuleux jusqu'à la fin, voilà Malone, à cheval sur les cheveux.*". Em inglês, Beckett não procura nenhum tipo de equivalência em ditados, mas intensifica a caracterização ao usar dois adjetivos para Malone, escrupuloso e meticuloso, e os intensifica com as expressões "*to the last*" (até o fim) e "*to a fault*" (em excesso). A frase é a seguinte: "*Scrupulous to the last, finical to a fault, that's Malone, all over.*". Em português, procurei a caracterização dupla combinando as expressões "tim-tim por tim-tim" com "por miúdo". (N.T.)

meio aos crisântemos, não, aí estou exagerando, este ano não vou ouvi-los choramingar nos seus carneiros. Apesar de tudo, sentir-se estender a esse ponto, é tentador. Tudo se retira ao largo mais próximo, e meus pés notadamente, já em tempos normais tão mais longe de mim que todo o resto, que a minha cabeça, quero dizer, pois é ali que me refugio, sem erro, meus pés me dão a impressão de estar a várias léguas, e para fazê-los voltar a mim, para cuidar deles ou limpá-los, me parece que um mês não seria bastante, a contar da hora em que os localizasse. É curioso, não sinto mais meus pés, a sensação os abandonou misericordiosamente, e no entanto sinto-os fora do alcance do telescópio mais potente. Isso aí seria o que chamam de ter um pé na cova? E tudo em conformidade com isso, pois se não passasse de um fenômeno local, não o teria notado, tendo sido toda a minha vida não mais que uma sequência, ou melhor, uma sucessão de fenômenos locais, sem que isso nunca tenha dado em nada. Mas meus dedos também escrevem sob outras latitudes, e o ar que respira através do meu caderno e vira suas folhas à minha revelia, quando pego no sono, de modo que o sujeito se afasta do verbo e o complemento vem se colocar em alguma parte no vazio, este ar não é o da penúltima morada, e está bem assim. E nas minhas mãos talvez haja o reflexo da sombra de folhas e flores e de manchas claras de um sol esquecido. Agora meu sexo, quer dizer, o tubo ele mesmo, e especialmente a ponta, por onde jorravam, quando eu era virgem, golfadas de esperma que vinham bater em cheio no meu rosto, uma após a outra, mas tão próximas que pareciam um só jato contínuo, enquanto durava, e por onde devia passar ainda um pouco de mijo de tempos em tempos, senão teria morrido de uremia, não espero mais vê-lo a olho nu, não que faça questão, já o vi bastante, nós nos encaramos muito, olho no olho, mas é para lhes dizer. Mas ainda não é tudo e não são só minhas extremidades que se vão, cada uma seguindo seu eixo, longe disso.

Pois meu cu, por exemplo, que não se pode acusar de ser o fim do que quer que seja, a menos que queiram ver nele a ponta dos lábios, se se meter a cagar neste exato momento, o que me espantaria, acredito realmente que veriam as bolotas cair na Austrália. E se fosse para eu me pôr de pé ainda uma vez, do que Deus me guarde, preencheria boa parte do universo, me parece, oh, não mais que deitado, porém se notaria mais. Pois sempre notei, o melhor meio de não se fazer notar é se achatar e não se mexer. E aqui estou, eu que sempre acreditei que iria me encolhendo, até por fim poder ser enterrado quase num cofrinho de joias, aqui estou me dilatando. Ou é que o essencial, para falar como Jackson, tornou-se tão mínimo que o fortuito parece sem termo, e pelo essencial devo entender esta minúscula cabeça de camarão, enfiada em algum lugar da minha verdadeira cabeça, acho, que não está inclinada ainda, nos escombros da minha cabeça inclinada, e é minúscula de fato, embora não veja o que o essencial e o fortuito vêm fazer lá dentro, não compreendo, e talvez seja este aqui que esteja reduzido às dimensões de um ocelo de mariposa e o outro seja a enormidade esparsa na sombra, talvez fosse isso que devesse dizer. Pouco importa, o essencial, aqui estamos de novo, é que apesar das minhas histórias continuo a caber neste quarto, chamemos isso de quarto, caibo nele, e estou tranquilo, vou caber nele o tempo que for preciso. E se algum dia conseguir morrer não será na rua, nem no hospital, mas aqui, no meio das minhas posses, ao lado desta janela da qual digo a mim mesmo às vezes que é um *trompe l'oeil*, como o teto de Tiepolo em Würzburg, que turista devo ter sido, até o trema me ficou, mas não é um trema de verdade. Se pudesse somente ter certeza, estou falando agora do meu leito de morte. E no entanto quantas vezes vi, olhando pela porta, esta velha cabeça sair, à altura do joelho, pois peso muito, sendo ossudo, e depois a porta é baixa, cada vez mais baixa na minha opinião. E a cada vez ela bate contra a ombreira, pois sou grande e o patamar é pequeno, e o que carrega meus pés não pode esperar, para se meter nas escadas, que eu esteja lá por inteiro, no patamar, quero dizer, mas tem que começar a virar antes, a fim de não entrar de novo pela parede, a parede do patamar, quero dizer. De modo que minha cabeça bate contra a ombreira, é fatal. E dá na mesma, para a minha cabeça, no ponto em que está, mas o que a carrega grita, Ei Bob, devagar! por respeito talvez, pois não me conhece, não me conheceu, ou por medo de machucar os dedos. Bã! Devagar! Olha aí! A porta! E lá fica o quarto vazio enfim e pronto, depois da desinfecção, pois nunca se sabe, para receber uma família numerosa ou um casal de pombinhos. Sim, já aconteceu, esperam só a hora de dar-lhe um uso, é o que digo a mim mesmo. Mas digo tantas coisas a mim mesmo, o que há de verdade nesse blá-blá-blá? Não sei. Só acho que não posso dizer nada que não seja verdadeiro, quero dizer, que já não tenha acontecido comigo, não é a mesma coisa mas não faz mal. Sim, é disso que gosto em mim, enfim uma coisa de que gosto, o dom de poder dizer *Up the Republic*! por exemplo, ou Querida! sem ter que me perguntar se não seria melhor se me calasse ou dissesse outra coisa, sim, não tenho que pensar, nem antes nem depois, só tenho que abrir a boca para que ela testemunhe sobre a minha velha história e o longo silêncio que me deixou mudo, de modo que tudo se passa num grande silêncio. E se algum dia me calar é que não haverá mais nada a dizer, mesmo que tudo não tenha sido dito, mesmo que nada tenha sido dito. Mas deixemos aí essas questões mórbidas e retornemos à do meu falecimento, daqui a dois ou três dias se não me falha a memória. Então estará acabado com Murphys, Merciers, Molloys, Morans e outros Malones, a menos que isso continue no além-túmulo. Mas nada de complicar as coisas, defuntemos primeiro, depois descobriremos. Quantas pessoas já matei, batendo-lhes na cabeça ou tocando fogo nelas? Pego assim desprevenido só vejo quatro, desconhecidos, nunca conheci ninguém. Tenho vontade de ver, como me acontecia antigamente, não importa o quê, uma dessas coisas que não teria conseguido imaginar. Houve o velho também, em Londres acho, aí está Londres de novo, cortei-lhe a garganta com sua navalha. Isso dá cinco. Me parece que tinha um nome, esse aí. Sim, precisaria agora de um pouco de imprevisto, em cores tanto quanto possível, isso me faria bem. Pois talvez não faça mais do que uma só viagem, pelas longas galerias que conheço, com meus pequenos sóis e luas que prendo no gancho e meus bolsos cheios de seixos para representar os homens e suas estações, não mais que uma só, é o que desejo para mim. Depois retornarei aqui, para mim, é vago, para não me deixar mais, não me perguntar mais sobre o que não tenho. Retornaremos todos talvez, reunidos, para não nos deixarmos mais, não nos espionarmos mais, neste quartinho sujo, esbranquiçado e abobadado como se escavado em marfim, e que marfim, parece um velho dente cariado. Ou retornaria sozinho, tão sozinho quanto ao ir, mas não conto com isso, ouço-os daqui, gritando para mim nos corredores, tropeçando no entulho, me implorando para levá-los. Eis o que está resolvido. Tenho o tempo exato, se calculei bem, e se calculei mal tanto melhor, não peço melhor, aliás não calculei nada, também não peço nada. O tempo exato de ir dar uma última volta, de retornar e fazer tudo o que tenho que fazer aqui, pois ainda tenho o que fazer aqui, não sei mais o quê, por exemplo, ah, sim, pôr em ordem as minhas posses, e depois ainda outra coisa, não sei mais, mas isso volta, na hora certa. Só que antes de partir gostaria muito de encontrar um buraco na parede, atrás do qual se passassem coisas tão extraordinárias, sem parar, e com frequência em cores. Uma olhadinha e me parece que partiria contente como para — ia dizer Citera, decididamente já é hora disso parar. Afinal esta janela é o que quero que ela seja, até um certo ponto, é isso, não se comprometa. Noto em primeiro lugar que é singularmente arredondada, até quase assemelhar-se a um olho de boi, ou a uma escotilha. Não faz mal, a partir do momento em que há algo do outro lado. Vejo primeiro a noite, o que me surpreende, me pergunto por quê, porque quero ficar surpreso, mais uma vez. Pois aqui comigo não é noite, sei disso, aqui nunca é noite, o que quer que eu diga, mas com frequência fica menos claro que neste momento, ao passo que lá fora é noite plena, com poucas estrelas, mas suficientes para indicar que este céu negro é mesmo aquele dos homens e não muito simplesmente pintado no vidro, pois isso tremula, à maneira das estrelas de verdade, o que não seria o caso se fosse pintado. E como se isso não fosse suficiente para me assegurar que se trata do lado de fora de verdade, eis que a janela da frente se acende, ou que me dou conta de que está acesa, pois não sou daqueles que conseguem abarcar tudo de uma só olhada, mas tenho que olhar longamente e dar tempo às coisas para que façam o longo caminho que me separa delas. E aí está com efeito um acaso feliz e de bom augúrio, a menos que seja uma coisa feita expressamente para me achincalhar, pois não poderia ter encontrado nada melhor, para me ajudar a partir deste lugar ainda mal fechado ao mundo, que o céu noturno onde nada acontece, se bem que seja cheio de tumulto e violência. Ou então é preciso ter a noite inteira à sua frente, para seguir as lentas quedas e ascensões de outros mundos, quando há alguma, ou para esperar os meteoros, e eu, eu não tenho a noite inteira à minha frente. E não me interessa saber se se levantaram antes da aurora ou se não se deitaram ainda ou se se levantaram no meio da noite com a intenção talvez de deitarem de novo e dormir, quando tiverem terminado, e basta para mim vê-los em pé um contra o outro atrás da cortina, que é escura, de modo que é uma luz escura, se se pode dizer isso, e que faz deles uma sombra pouco nítida, pois estão colados tão estreitamente um contra o outro que parecem um só corpo e por consequência uma só sombra. Mas quando cambaleiam vejo bem que são dois, por mais que se apertem desesperadamente, vê-se bem que são dois corpos distintos e separados, cada um fechado em suas fronteiras, e que não têm necessidade um do outro para ir e vir e se manter vivos, pois se bastam para isso de sobra, cada um por si. Talvez tenham frio, para que se esfreguem assim, pois a fricção conserva o calor e o traz de volta quando se vai. Tudo isso é bonito e estranho, essa coisa grande complicada feita de várias que cambaleia e balança, pois talvez sejam três, mas muito pobre de cor. Mas a noite deve estar quente, pois de repente a cortina se ergue e explode todo um buquê de cores encantadoras, rosa pálido e brancura de carne, depois um rosa mais vivo que deve vir de uma roupa, e também o dourado que não tive tempo de entender. Então não estão com frio, para ficarem assim tão à fresca em plena corrente de ar. Ah, como sou estúpido, vejo agora o que era, deviam estar se amando, deve ser assim que se faz. Bom, isso me fez bem. Vou ver se o céu ainda está lá, depois vou embora. Estão apoiados na cortina agora, não se mexem mais. É possível que já tenham terminado? Se amaram em pé, como cachorros. Em breve vão poder se deixar. Ou só estão tomando fôlego, antes de se lançarem ao bom bocado. Para a frente, para trás, como deve ser bom. Estão com cara de sofrimento. Chega, basta, adeus.

Apanhado pela chuva longe de qualquer abrigo Macmann parou e se deitou, dizendo a si mesmo, A superfície assim colada ao chão ficará seca, enquanto que em pé vou me molhar uniformemente por toda parte, como se a chuva fosse uma questão de pingos por hora, como a eletricidade. Deitou-se de bruços então, depois de hesitar um instante, pois poderia ter muito bem deitado de costas ou, num meio-termo, sobre um dos flancos. Mas lhe parecia que a nuca e as costas até os quadris eram menos frágeis que o peito e a barriga, não se dando conta, não mais do que se fosse um caixote de tomates, de que todas essas partes estão indissociavelmente ligadas umas às outras, até que a morte as separe com certeza, e a muitas outras também das quais ele não tinha a menor ideia, e que um pingo d'água inoportuno sobre o cóccix por exemplo pode provocar espasmos do risório durante anos, como se pode ver quando, ao atravessar um pântano a pé, você se põe simplesmente a espirrar e tossir, sem sentir nada nas pernas a não ser uma espécie de bem-estar, devido talvez à ação da água de turfa. Era uma chuva forte, fria e vertical, o que fazia Macmann supor que fosse breve, como se houvesse uma relação entre a violência e a duração, e que fosse poder se levantar em dez minutos, um quarto de hora, sua frente empoeirada. Aí está de fato o tipo de história que tem contado a si mesmo a vida inteira, dizendo a si mesmo, É impossível que isso continue ainda por muito tempo. Era uma hora qualquer da tarde, impossível saber qual, já havia horas e horas que durava esse dia desbotado, então era de tarde, muito provavelmente, muito. O ar imóvel, sem estar frio como no inverno, parecia sem promessa nem lembrança de calor. Incomodado pela água que enchia seu chapéu, passando pela fenda, Macmann o levantou e colocou sobre a têmpora, quer dizer, virou a cabeça e encostou a bochecha no chão. Suas mãos agarraram, na ponta dos braços estendidos, cada uma um tufo de grama, com tanta energia como se estivesse grudado na parede de um penhasco. Continuemos essa descrição. A chuva pilava suas costas com o barulho primeiro de um tambor, mas logo de barrela, como quando se faz a roupa dançar na tina, com um barulho de gluglu e de sucção, e ele percebia muito bem e com interesse como era diferente, do ponto de vista sonoro, a chuva tombava sobre ele e sobre a terra, pois tinha o ouvido, que está no mesmo plano que a bochecha ou quase, colado na terra, o que é raro, em tempo de chuva, e ouvia essa espécie de rugido longínquo da terra que bebe e os suspiros da grama vergando-se encharcada. A ideia de castigo se apresentou à sua mente, acostumada para dizer a verdade a essa quimera e impressionada provavelmente pela postura do corpo e pelos dedos crispados como em sofrimento. E sem saber exatamente qual era o seu pecado ele sentia muito bem que viver não era pena suficiente ou que esta pena era em si mesma um pecado, chamando outras penas, e assim por diante, como se pudesse haver outra coisa que não a vida, para os vivos. E teria sem dúvida se perguntado se precisaria realmente haver outra coisa que não a vida para ser punido, sem se lembrar que consentira em viver na sua mãe, e depois em deixá-la. Mas nem ali podia enxergar seu verdadeiro pecado, mas antes ainda uma pena, que ele não soubera levar a bom termo e que longe de ter-se lavado do seu pecado não tinha senão se afundado mais adiante nele. E para dizer a verdade pouco a pouco as ideias de pecado e pena se confundiram em sua mente como com frequência fazem as de causa e efeito naqueles que ainda pensam. Era com frequência a tremer que ele sofria dizendo a si mesmo, Isso vai me custar caro. Mas sem saber como se comportar, para pensar e sentir convenientemente, punha-se a sorrir sem motivo, como agora, como então, pois ele já está longe dessa tarde, de março talvez, ou de novembro talvez, não, melhor de outubro, em que a chuva o surpreendeu, longe de qualquer abrigo, a sorrir e a agradecer por essa pancada de chuva e pela promessa de que veria estrelas um pouco mais tarde, para clarear seu caminho e permitir que se orientasse, caso tivesse vontade. Pois não sabia muito bem onde estava, exceto que estava na planície, e que a montanha não estava longe, nem o mar nem a cidade, e que seria suficiente para ele umas partículas de claridade e algumas estrelas fixas para poder se aproximar de uma, ou do outro, ou da terceira, ou para se manter na planície, segundo o que tivesse decidido. Pois para se manter ali onde acontece de você se encontrar é preciso claridade também, a menos que se ande em círculos, o que é por assim dizer impossível no escuro, ou que se pare quieto e não se mexa, até que a luz retorne, e então se morre de frio, a menos que não faça frio. Mas Macmann teria sido mais que humano, depois de quarenta ou quarenta e cinco minutos de espera confiante, vendo que a chuva caía forte como sempre e que o dia se ia enfim, se não tivesse começado a se lamentar do que tinha feito, quer dizer, de ter se estendido no chão em vez de prosseguir seu caminho, em linha reta tanto quanto possível, na esperança de se deparar mais cedo ou mais tarde com uma árvore ou com ruínas. E em vez de se surpreender com essa chuva tão violenta e tão longa, se surpreendia de não ter compreendido, desde os primeiros pingos, que ia chover longa e violentamente, e que não devia parar e se estender, mas, ao contrário, continuar reto em frente, cegamente, apressando tanto quanto possível o passo, pois não passava de humano, de filho e neto de humanos. Mas entre ele e esses homens severos e graves, de barba primeiro, depois de bigode, havia esta diferença, que o sêmen dele nunca tinha feito mal a ninguém. Só se apegava portanto a sua espécie do lado dos seus ascendentes, que estavam todos mortos, acreditando ter se perpetuado. E o antes tarde do que nunca, que permite aos verdadeiros homens, aos verdadeiros elos, reconhecer seu erro, se reerguer e se apressar para o seguinte, não estava ao alcance de Macmann, para quem parecia às vezes que não teria eternidade bastante para se arrastar e se espojar em sua mortalidade. E sem ir tão longe, quem esperou bastante vai esperar sempre, e passado um certo prazo nada mais pode acontecer, nem ninguém vir, nem haver outra coisa que não a espera sabendo-se vã. Talvez fosse o seu caso. E quando se morre (por exemplo), é tarde demais, esperou-se demais, não se viveu o bastante para poder parar. Ele talvez estivesse nisso. Mas parecia que não, embora os atos não contem mais, sei disso, sei disso, nem o que passa pela cabeça. Sim, parecia realmente que não. Pois tendo se recriminado do que havia feito, e de seu erro monstruoso de avaliação, em vez de se levantar e se pôr de novo em movimento virou-se de costas, o que oferecia toda a sua frente ao dilúvio. E foi então que apareceram claramente seus cabelos pela primeira vez desde suas caminhadas de cabeça descoberta pela sorridente campina natal, seu chapéu tendo ficado no lugar que a cabeça acabara de deixar. Pois quando, deitado de barriga para baixo num lugar selvagem e por assim dizer sem limites, você se vira de costas, então há um deslocamento lateral de todo o corpo, e da cabeça junto com o resto, a menos que se faça por onde evitá-lo, e a cabeça vem se colocar a x polegadas aproximadamente de onde estivera, x sendo a largura dos ombros em polegadas, pois a cabeça se encontra bem no meio dos ombros. Mas se você se encontra numa cama estreita, quero dizer com justo largura bastante para recebê-lo, um catre digamos, então por mais que você se vire de costas, e depois de bruços, e assim por diante, a cabeça fica sempre no mesmo lugar, a menos que se faça por onde incliná-la, à direita, à esquerda, e sem dúvida há pessoas que se dão a esse trabalho, na esperança de encontrar um pouco de frescor. Ele tentou olhar para essa massa enegrecida e encharcada que era tudo o que lhe restava do ar e do céu, mas a chuva lhe doía nos olhos e ele os fechou. Então abriu a boca e ficou muito tempo assim, a boca aberta e as mãos também, e também o mais longe possível uma da outra. Pois, coisa curiosa, tende-se menos a se agarrar ao chão quando se está de costas do que quando se está de bruços, aí está uma observação curiosa e que poderia se prestar a desenvolvimentos férteis. E como uma hora mais cedo ele tinha arregaçado as mangas para poder prender-se com mais solidez à grama, do mesmo modo então ele as arregaçou de novo para sentir a chuva martelar as palmas, que também são chamadas os ocos da mão, ou os lisos, depende. E bem no meio — mas ia esquecendo a cabeleira, que do ponto de vista da cor era então para o branco mais ou menos o que para o negro era a tintura daquela hora e além disso extremamente comprida atrás e de cada lado. E com tempo seco e vento iria folgar na grama quase como a própria grama. Mas a chuva a pregava no chão e a amassava com a grama e a terra numa espécie de pasta lamacenta, não uma pasta lamacenta, uma espécie de pasta lamacenta. E bem no meio do seu sofrimento, pois não se fica numa postura dessas sem sentir-se incomodado, pôs-se a desejar que a chuva não parasse nunca nem consequentemente seu sofrimento ou dor, pois era a chuva quase com certeza que o fazia sofrer, a postura estendida não tendo em si nada de particularmente desagradável, como se existisse uma relação entre o que sofre e o que faz sofrer. Pois a chuva poderia parar sem que ele deixasse de sofrer, como ele poderia deixar de sofrer sem que nem por isso a chuva parasse. E essa meia verdade importante, ele talvez já a entrevisse. Pois enquanto se lamentava por não poder passar o tempo que lhe restava a viver (e que teria sido assim agradavelmente abreviado) debaixo dessa chuva pesada, fria (sem ser glacial) e perpendicular, ora em decúbito ventral ora em dorsal, não estava longe de se perguntar se não se enganava ao acreditar sofrer por causa dela, e se na realidade seu incômodo não tinha causas completamente diferentes. Pois não é suficiente para as pessoas sofrer, mas precisam do calor e do frio, da chuva e de seu contrário que é o tempo bom, e com isso o amor, a amizade, a pele negra e a insuficiência sexual e péptica, por exemplo, em resumo os furores e as demências felizmente numerosos demais para serem enumerados do corpo nele incluído o crânio e seus caixilhos, me pergunto o que isso quer dizer, tal como o pé aleijado, a fim de que possam saber com muita precisão o que é que ousa impedir sua felicidade de ser pura. Pois aí está algo que dificilmente se suporta ignorar. E inclusive já se viram rigoristas não ter paz até que tenham determinado se seu sarcoma estava no piloro ou se ao contrário não estava antes no duodeno. Mas esses são voos para os quais Macmann ainda não tinha asas, e era inclusive uma criatura mais terra a terra por natureza, e pouco afeita à razão pura, sobretudo nas circunstâncias em que tivemos a felicidade de circunscrevê-lo. E para dizer a verdade era por temperamento mais próximo dos répteis que dos pássaros e podia sofrer, sem sucumbir, mutilações extensas, se sentindo melhor sentado que em pé e deitado que sentado, de modo que se deitava e se sentava ao menor pretexto e não se levantava para partir outra vez senão quando o *struggle for life* ou *élan* vital lhe metia fogo no cu. E boa parte de sua existência deve ter-se passado numa imobilidade de pedra, para não dizer três quartos, e até quatro quintos, imobilidade de superfície nos primeiros tempos mas que ganhou pouco a pouco, não direi as partes vitais, mas pelo menos a sensibilidade e o entendimento. E é preciso crer que ele recebeu de herança de seus numerosos avós, por intermédio do seu papai e da sua mamãe, por um feliz acaso e entre outras vantagens bem entendido, um sistema vegetativo à toda prova, para ter alcançado a idade que alcançou, e que não passa de uma piada perto da idade que alcançará, sou eu que digo isso a mim mesmo, sem grandes aborrecimentos, quero dizer, de natureza a lhe riscar ato contínuo do número de moribundos. Pois ninguém nunca veio em sua ajuda, para ajudá-lo a evitar os espinhos e armadilhas que se alastram na vida do inocente, mas nunca dispôs senão de suas próprias forças e meios para ir da manhã à noite e depois da noite à manhã sem ferida mortal. E notadamente nunca recebeu senão muito poucas doações e de muito pouca importância, em matéria de dinheiro, o que não teria tido consequências se ele soubesse obtê-lo, pelo suor do seu rosto ou usando sua inteligência. Mas tendo recebido o encargo, por exemplo, de limpar um canteiro de cenouras novas, por exemplo, ou de rabanetes, ao preço de três ou mesmo seis *pence* a hora, lhe acontecia constantemente arrancar tudo, por distração, ou sob o império de não sei que necessidade furiosa que lhe tomava, à visão dos legumes, e mesmo das flores, e que literalmente o cegava de seu verdadeiro interesse, a necessidade de deixar o lugar limpo e de não ter mais sob os olhos que um pouco de terra marrom livre de parasitas, era com frequência mais forte que ele. Ou sem ir tão longe, tudo se embaralhava simplesmente diante de seus olhos, não distinguia mais as plantas destinadas ao embelezamento do lar ou à alimentação dos homens e dos animais das ervas daninhas das quais dizem que não servem para nada, mas que devem ter sua utilidade elas também, para que a terra as favoreça tanto, tal como a grama canina cara aos cachorros e da qual os homens por sua vez conseguem tirar uma tisana, e a ferramenta lhe caía das mãos. E mesmo os trabalhos de varrição de rua nos quais mais de uma vez tinha se empenhado, dizendo a si mesmo que talvez fosse um gari e não soubesse, não tiveram melhor sucesso. E ele mesmo era obrigado a admitir que onde tinha varrido o aspecto era ainda mais sujo à sua saída que à sua chegada, como se um demônio o empurrasse a se servir da vassoura, da pá e do carrinho, todos postos graciosamente à sua disposição pela prefeitura, para procurar sujeiras ali onde o acaso as tinha subtraído da vista dos contribuintes e para juntá-las assim recuperadas àquelas já visíveis e que ele tinha por missão fazer desaparecer. De modo que ao fim do expediente ao longo de todo o setor que lhe havia sido confiado, viam-se cascas de laranja e banana, bitucas, papéis inomináveis, cocôs de cachorro e cavalo e outras imundícies, concentradas com cuidado ao longo das calçadas ou reconduzidas com diligência para o meio da rua, com o objetivo aparente de inspirar nos passantes o maior desgosto possível e de provocar o máximo de acidentes, alguns fatais, por escorregões. E no entanto ele se esforçava sinceramente para dar satisfação, observando como faziam seus colegas mais experientes, e imitando-os. Mas tudo se passava como se ele não fosse verdadeiramente senhor de seus movimentos e não soubesse o que estava fazendo, nem o que tinha feito, uma vez que o tivesse feito. Pois era preciso que lhe dissessem, Mas olhe só o que você fez, esfregando por assim dizer o nariz dele ali, senão ele não se dava conta, e acreditava ter procedido como qualquer homem de boa vontade teria procedido em seu lugar, e ter chegado mais ou menos ao mesmo resultado, apesar da sua falta de experiência. Por outro lado os mínimos serviços que fazia para si mesmo, como quando, por exemplo, teve de repor um de seus botões-bastões, que não tinham vida longa, sendo na maioria de madeira e submetidos a todos os rigores da zona temperada, ele fazia realmente bonito como se diz, e isso na ausência do menor instrumental. E uma grande parte de sua existência, quer dizer, da metade ou do quarto de sua existência compreendendo movimentos mais ou menos coordenados do corpo, ele a levou nesses pequenos trabalhos não remunerados de confecção e reparação frequentemente de uma certa engenhosidade. Pois precisava, se quisesse continuar a ir e vir, e para falar a verdade, ele não fazia questão disso em excesso, mas era preciso, por razões obscuras e conhecidas quem sabe só por Deus, embora para falar a verdade Deus não pareça necessitar de razões para fazer o que faz e omitir o que omite, no mesmo grau que suas criaturas. Mas nunca se sabe. Tal parecia ser Macmann, visto de um certo ângulo, incapaz de limpar ervas sem devastar totalmente um jardim de amores-perfeitos e maravilhas, e ao mesmo tempo sabendo consolidar suas botinas com casca de salgueiro e tiras de vime, a fim de poder ir e vir de tempos em tempos sobre a terra sem se ferir no cascalho, nos espinhos e nos pedaços de vidro provenientes da incúria ou da maldade dos homens, praguejando apenas, porque precisava. Pois não sabia prestar atenção a seu caminho e escolher nele os lugares onde pousar um após o outro os pés (o que lhe teria permitido andar de pés descalços). E se soubesse isso não teria servido de grande coisa, de tanto que era pouco senhor dos seus movimentos. E de que adiantava visar os lugares cobertos de musgo e lisos quando o pé cai de lado, sobre sílex e cacos, ou se afunda até o joelho nas bostas de vaca. Mas para passar agora a uma outra ordem de considerações, talvez seja lícito desejar a Macmann, porque desejar não custa nada, eventualmente uma paralisia generalizada poupando na pior das hipóteses os braços se isso é concebível, num lugar impermeável tanto quanto possível ao vento, à chuva, ao barulho, ao frio, às grandes ondas de calor como no século VII e à luz do dia, com um ou dois edredons úteis para tudo e uma alma caridosa, digamos, semanal, encarregada das maçãs cortadas e das sardinhas no azeite destinadas a adiar até os extremos limites do possível o prazo fatal, isso seria maravilhoso. Mas enquanto espera, o fato de ter-se virado de costas não tendo em nada atenuado a violência da chuva, Macmann começou enfim a se agitar, jogando-se para a direita e a esquerda como se sob o domínio da febre, desabotoando-se e reabotoando-se, e finalmente virando-se sobre si mesmo sempre na mesma direção, não importa qual, com uma parada breve primeiro depois de cada rotação, e depois sem parar mais. E em princípio seu chapéu deveria tê-lo seguido, visto que estava amarrado ao sobretudo, e o barbante deveria ter-se enrolado ao redor do seu pescoço, mas não foi nada disso, pois a teoria é uma coisa e a realidade outra, e o chapéu ficou lá onde estava, quero dizer no seu lugar, como uma coisa abandonada. Mas talvez viesse um dia, um dia de ventania, que o veria, seco e leve de novo, correr e saltar sobre a planície e chegar assim às cercanias da cidade ou do oceano, mas não necessariamente. Agora não era a primeira vez que Macmann rolava pela terra, mas sempre fizera isso sem segunda intenção locomotiva. Tanto que agora, afastando-se do lugar onde a chuva o surpreendera, longe de todo abrigo e que continuava graças ao chapéu a se destacar do espaço circundante, compreendeu que avançava com regularidade e até mesmo uma certa rapidez, segundo o arco de um círculo gigantesco provavelmente, pois supunha uma extremidade mais pesada que a outra, sem saber qual, mas por pouco. E enquanto rolava concebeu e poliu o projeto de continuar a rolar a noite inteira se precisasse, ou pelo menos pelo tempo que suas forças não o abandonassem, e de se aproximar assim dos confins dessa planície que para falar a verdade não tinha nem um pouco de pressa de deixar, mas que deixaria contudo, sabia disso. E sem reduzir seu ritmo começou a sonhar com uma região plana onde não tivesse nunca mais que se levantar nem se manter em pé equilibrando-se, primeiro sobre o pé direito por exemplo, em seguida sobre o pé esquerdo, e onde pudesse ir e vir e desse modo sobreviver, à maneira de um grande cilindro dotado de inteligência e de vontade. E sem se deixar fazer exatamente projetos de futuro, pois isso

Depressa, depressa minhas posses. Calma, calma, duas vezes, tenho tempo, todo o tempo, como de costume. Meu lápis, meus dois lápis, aquele do qual não resta mais entre meus dedos enormes do que o grafite, completamente solto da madeira, e o outro, comprido e redondo, na cama em alguma parte, que tinha de reserva, não vou procurá-lo, sei que está aí, se tiver tempo quando terminar procurarei, se não o encontrar não o terei, farei a correção, com o outro, se restar algo. Calma, calma. Meu caderno, não o vejo, mas sinto-o na minha mão esquerda, não sei de onde vem, não o tinha quando cheguei aqui, mas sinto que é meu. É isso aí, como se tivesse sessenta anos. A cama seria minha também, e a mesinha, o prato, os penicos, o armário, as cobertas. Não, nada de tudo isso é meu. Mas o caderno é meu, não consigo explicar. Os dois lápis então, o caderno e depois o bastão, que também não tinha ao vir para cá, mas que considero como se me pertencesse. Já devo tê-lo descrito. Estou calmo, tenho tempo, mas o descreverei o mínimo possível. Está na cama comigo, sob as cobertas, antigamente me esfregava nele dizendo a mim mesmo, É uma mulherzinha. Mas é tão comprido que sai por debaixo do travesseiro e vai terminar longe atrás de mim. Continuo de memória. Está escuro. Mal vejo a janela. Deve estar deixando passar a noite de novo. Se tivesse tempo de pescar nas minhas coisas, de trazê-las até a cama uma a uma ou várias de uma vez, enganchadas umas às outras como acontece com frequência com coisas abandonadas, não ia enxergar nada. E tenho de fato tempo talvez, façamos como se eu tivesse tempo, mas não façamos nada. Mas não deve fazer muito tempo que revi e controlei tudo, num tempo mais claro, prevendo esta hora. Mas depois devo ter esquecido tudo. Não, nem tudo, é raro que se esqueça tudo. Uma agulha enfiada em duas rolhas, para que não me pique mais, pois se a ponta pica menos que o olho, não, assim não dá, pois se a ponta pica mais que o olho, o olho também pica, assim também não dá. Ao redor da haste, visível entre as duas rolhas, enrola-se ainda um pouco de linha preta. É um objetozinho bonito, como um — não, não se parece com nada. Meu fornilho de cachimbo, se bem que nunca usei um cachimbo de tabaco. Devo tê-lo encontrado em algum lugar, no chão, enquanto me deslocava. Estava ali, na grama, jogado porque não servia mais, o tubo tendo se partido, eis que esse detalhe retorna, ali onde se enfia o fornilho. Podia-se consertar esse cachimbo, mas devem ter dito, Bah, vou comprar outro. Só que eu só achei o fornilho. Mas tudo isso são suposições. Achei-o bonito talvez, ou experimentei por ele este sentimento infecto da piedade que experimentei com tanta frequência diante das coisas, sobretudo as coisinhas portáteis de madeira e pedra, e que me fazem desejar tê-las comigo e guardá-las sempre, de modo que as apanhava e colocava nos bolsos, com frequência chorando, pois chorei até muito velho, não tendo evoluído a fundo na área dos afetos e paixões, apesar da minha experiência. E sem a companhia desses objetozinhos que apanhava por aqui e por acolá, ao acaso dos meus deslocamentos, e que me davam às vezes a impressão de ter eles também necessidade de mim, talvez tivesse sido encurralado no convívio das pessoas de bem ou nas consolações de uma religião qualquer, mas acho que não. E adorava, me lembro, enquanto andava, as mãos mergulhadas nos bolsos, pois estou tentando falar da época em que andava ainda sem bastão e com muito mais motivo sem muletas, adorava apalpar e afagar os objetos duros e nítidos que neles se encontravam, nos meus bolsos profundos, era minha maneira de lhes falar e transmitir confiança. E adormecia de bom grado segurando na mão um seixo, uma castanha-da-índia ou uma pinha, e ainda os segurava ao acordar, os dedos dobrados por cima, apesar do sono que faz do corpo um trapo, para que descanse. E aqueles dos quais me cansava ou que outros vinham tomar o lugar na minha afeição, eu os jogava fora, quero dizer que procurava demoradamente um lugar onde ficassem tranquilos para sempre, onde nunca ninguém os pudesse encontrar fora um azar extraordinário, e tais lugares são raros, e eu os pousava lá com cuidado. E às vezes os enterrava, ou os jogava no mar, com todas as minhas forças tão longe quanto possível da terra, aqueles que tinha certeza de que não flutuariam, nem mesmo brevemente. Mas mesmo os amigos de madeira, mandei-os ao fundo em certa quantidade, lastreando-os com uma pedra. Mas entendi que não era preciso. Pois o barbante uma vez podre tornariam a subir até a superfície, se já não fizeram isso, e voltarão à terra, mais cedo ou mais tarde. Era assim que me desfazia das coisas amadas que não podia mais manter, por culpa de novos amores. E com frequência me arrependia. Mas eu as tinha escondido tão bem que eu mesmo não conseguia mais reencontrá-las. Aí está como se deve fazer, como se ainda tivesse tempo para matar. Aliás, é o caso, sei bem disso no fundo. Então por que jogar com urgência? Não sei. Talvez seja urgente afinal. Tive essa impressão ainda agora. Mas minhas impressões. E se não fizesse tanta questão assim, de recordar tudo que me resta de tudo que tive, uma boa dezena de objetos por baixo? Sim, sim, é absolutamente necessário. Então é outra coisa. Onde estava? Meu fornilho. Então nunca me livrei dele. Me servia de recipiente, colocava nele um monte de coisas, me pergunto o que poderia mesmo ter colocado nele, num espaço tão pequeno, e fabriquei para ele uma tampa de lata. Próximo. Este pobre Macmann. Decididamente nunca me será dado terminar nada, fora respirar. Não é preciso ser guloso. Mas não é assim que se sufoca? É preciso acreditar. E o estertor, que é feito dele? Talvez não fosse indispensável afinal. Ter vagido, e depois não ser capaz de estertorar. É que a vida pode estragar o gosto dos protestos. Vamos, é um detalhe. Me pergunto qual será a minha última palavra, escrita, as outras voam, em vez de permanecer. Não saberei nunca. Este inventário também não, não o acabarei, um passarinho me diz, o paracleto talvez, de nome psitacídeo. Assim seja. Uma clava em todo caso, não posso fazer nada, é preciso dizer o que é, sem procurar compreender, até o fim. Há momentos em que tenho a sensação de estar aqui desde sempre, talvez até mesmo de ter nascido aqui. Isso explicaria muitas coisas. Ou de ter voltado para cá depois de uma longa ausência. Mas acabou-se com as sensações, as hipóteses. Esta clava é minha, ponto, é tudo. Está manchada de sangue, mas insuficientemente, insuficientemente. Me defendi mal, mas me defendi. É isso que digo a mim mesmo às vezes. Uma bota, primitivamente amarelada, não sei mais para qual pé, o esquerdo sem dúvida, o de me levantar. A outra se foi. Tomaram-na de mim, no começo, quando ainda ignoravam que não ia poder mais me mover. E me deixaram a outra, na esperança de que ao vê-la sozinha sentisse tristeza. Os homens são assim. Ou talvez ela esteja no armário. Procurei por toda parte, de fato, com o meu bastão, mas esqueci em cima do armário. E como não vou procurá-la nunca mais, nem sobre o armário nem em outro lugar, nem ela nem outra coisa, não é mais minha. Pois só são minhas as coisas cuja posição conheço, tão bem que posso apanhá-las, em último caso, foi a definição que adotei, para definir minhas posses, senão não terminaria, mas de qualquer modo não terminarei. Ela não se parecia muito — mas estou errado ao falar disso — com a que sempre tive, a amarela, que tem isto de notável, a grande quantidade de ilhós, nunca vi uma bota com tantos ilhós, inúteis na maioria, tendo se tornado fendas, dos buracos que eram. Todas essas coisas estão juntas num canto, amontoadas. Poderia apanhá-las, mesmo neste escuro, só precisava querer. Eu as identificaria pelo toque, a mensagem afluiria ao longo de todo o bastão, engancharia o objeto desejado e o traria até debaixo da cama, eu o ouviria deslizar ou saltitar em minha direção ao longo do assoalho, cada vez mais perto, cada vez menos caro, eu o içaria sobre a cama tomando cuidado com a janela, com o teto, e enfim o teria nas mãos. Se fosse o meu chapéu talvez o colocasse, isso me lembraria os bons velhos tempos, embora tenha deles lembrança suficiente. Não tem mais aba, parece uma redoma de cobrir melão. Para colocá-lo e tirá-lo é preciso segurá-lo com as duas mãos, apertando. Talvez seja ainda o único objeto meu do qual me lembro bem demais da história, quero dizer, a partir do momento que se tornou minha propriedade. Sei em quais circunstâncias perdeu a aba, eu estava lá. Era para permitir que o mantivesse durante o sono. Adoraria que me enterrassem com ele, é um capricho inocente, mas como fazer? Lembrete, colocá-lo por via das dúvidas, bem enfiado, antes que seja tarde demais. Mas cada coisa a seu tempo. Me pergunto se devo continuar. Sinto que atribuo a mim coisas que talvez não tenha mais, que declaro desaparecidas, outras que não estão, e que há outras enfim, lá embaixo no canto, pertencentes a uma terceira categoria, a daquelas das quais ignoro tudo e a respeito das quais consequentemente não me arrisco nem a me enganar nem a ter razão. E digo a mim mesmo também que desde o último controle das minhas posses muita água correu por baixo de Butt Bridge, nas duas direções. Pois já pereci demais neste quarto para saber que umas coisas saem dele, e que outras entram, não sei por que mediações. E entre as que saem, há umas que voltam, depois de uma ausência mais ou menos prolongada, e outras que não voltam nunca. De modo que, entre as que voltam, algumas me são familiares, enquanto outras não são. Não compreendo. E, coisa ainda mais curiosa, há toda uma série de objetos, não tendo aparentemente nada de particular em comum, que nunca me deixaram, desde que estou aqui, mas ficaram sabiamente em seu lugar, no canto, como em não importa que quarto inabitado. Ou então foram muito rápidos. Como tudo isso soa falso. Mas nada me diz que será sempre assim. Não explico a mim mesmo de outro modo o aspecto mutável das minhas posses. Nem assim. De modo que, rigorosamente falando, me é impossível saber, de uma hora para outra, o que é meu e o que não é, segundo a minha definição. Então me pergunto se devo continuar, a preparar o inventário não tendo talvez com a realidade mais que relações muito longínquas, e se não faria melhor em acabar logo com isso e me dedicar a outro tipo de distração, com menos consequências, ou esperar simplesmente, sem fazer nada, ou contando talvez, um, dois, três e assim por diante, ficar enfim na impossibilidade de me prejudicar. Aí está o que é ser escrupuloso. Se tivesse um *penny* confiaria a ele a decisão. Decididamente a noite é longa e pobre conselheira. Se persistisse apesar de tudo até a aurora? Afinal de contas. Boa ideia, excelente ideia. Se à aurora eu ainda estiver lá, descobrirei. Tenho sono. Mas não ouso dormir. Afinal retificações *in extremis*, *in extremissimis*, são sempre possíveis. Mas será que não acabo de me extinguir? Vamos, Malone, não vá recomeçar. Se fizer vir todas as minhas posses como são e tomá-las comigo na cama? Será que isso vai servir para alguma coisa? Suponho que não. Mas talvez o faça. Sempre tive esse recurso. Quando enxergar com mais clareza. Então vou tê-las todas ao meu redor, em cima de mim, embaixo de mim, dos meus lados, estarei no meio das minhas posses, no canto não haverá mais nada, tudo estará na cama, comigo. Vou segurar na mão minha foto, minha pedra, para que não vão mais embora. Colocarei meu chapéu. Terei talvez alguma coisa na boca, meu pedaço de jornal talvez, ou meus botões, e estarei deitado sobre outros tesouros ainda. Minha foto. Não é uma foto minha, mas talvez eu não esteja longe. É um burro, tirada de frente e bem de perto, à margem do oceano, não é o oceano, mas para mim é o oceano. Tentaram naturalmente fazer com que levantasse a cabeça, para que seus belos olhos se imprimissem na película, mas ele a manteve abaixada. Vê-se pelas orelhas que não está contente. Meteram-lhe um chapéu-palheta na cabeça. As magras pernas duras e paralelas, os pequenos cascos aflorando na areia. Os contornos estão borrados, foi o riso do fotógrafo que fez a máquina tremer. O oceano tão pouco natural que parece que você está num estúdio. Mas não seria melhor dizer o contrário? Nenhum traço mais de roupas, meu capote, minhas calças e a camisa de flanela que o sr. Quin me deu, me comunicando que não tinha mais necessidade dela? Talvez tenham-nas queimado. Mas não se trata do que não tenho mais, tudo isso não conta numa hora dessas, o que quer que se diga. Aliás acho que vou parar. Guardei o melhor para o fim, mas não me sinto bem, estou indo talvez, mas isso me surpreenderia. É uma fraqueza passageira, todo mundo conhece isso. Você fraqueja, depois passa, as forças retornam e se recomeça. É provavelmente isso o que vai me acontecer. Bocejo, bocejaria se fosse sério? Por que não? Tomaria de bom grado um pouco de sopa, me parece, se sobrasse alguma. Não, mesmo se sobrasse não tomaria. É isso. Não renovam mais minha sopa faz alguns dias, disse isso? Devia ter dito. Por mais que mande minha mesa de volta para a porta, traga-a de volta até mim, faça-a ir e vir na esperança de que o barulho seja percebido e corretamente interpretado, por quem de direito, em caso de se tratar de um esquecimento, o prato continua vazio. O penico por outro lado continua cheio e o outro está se enchendo lentamente. Se algum dia conseguir enchê-lo vou esvaziar todos dois no assoalho, mas há poucas chances. Sem comer mais nada me intoxico menos e minha evacuações se rarefazem. Os penicos não parecem ser meus, apenas usufruo deles. Cabem bem na definição do que é meu, mas não são meus. Talvez a definição é que seja ruim. Eles têm cada um duas asas uma de frente para a outra, ultrapassando a borda, o que me permite manobrá-los deslizando meu bastão por elas, levantá--los e pousá-los no chão. Tudo foi previsto. Ou é um feliz acaso. Então não vai ser difícil virá-los, se for impelido a isso, e esperar que se esvaziem, o tempo que precisarem. Falar dos meus penicos me revigorou um pouco. Não são meus, mas digo meus penicos, como se diz minha cama, minha janela, como digo eu. Não vou parar menos por isso. São as minhas posses que me fizeram fraquejar, se retomar sua enumeração, vou fraquejar de novo, pois as mesmas causas dão lugar aos mesmos efeitos. Gostaria de ter falado da minha tampa de campainha de bicicleta, da minha meia muleta, a metade com a barra, parecia uma muleta de bebê. Ainda posso fazer o resto, o que é que me impede, não sei, não posso. Dizer que talvez vá morrer de fome, melhor de inanição, depois de ter lutado toda a minha vida com sucesso contra esse flagelo. Não posso acreditar. Aos velhos impotentes se dá o pasto, até o fim. E quando não podem mais engolir enfiam-lhes um tubo no esôfago ou no reto, e embocam-lhes papa vitaminada, para não ficarem com um assassinato nas mãos. Morrerei então de velhice pura e simples, saciado de dias como antes do dilúvio, a barriga cheia. Talvez achem que eu esteja morto. Ou estão mortos eles mesmos. Digo eles, embora no fundo não saiba nada disso. No começo, mas era o começo, percebi uma velha, depois durante algum tempo um velho braço amarelo, mas tudo isso não fazia provavelmente mais que executar as ordens de um consórcio. O silêncio de fato às vezes é tal que a terra parece estar desabitada. Eis onde leva o amor à generalização. Basta não ouvir mais, no seu buraco, durante alguns dias, outro barulho que não o das coisas, para que você comece a se acreditar o último do gênero humano. Se começasse a gritar? Não que queira chamar atenção sobre mim, seria apenas para tentar saber se há alguém. Mas não gosto de gritar. Tenho falado suavemente, tenho andado suavemente, sempre, como convém a quem não tem nada a dizer nem sabe por onde andar. Pois nessas condições é preferível não se fazer notar. Sem contar que pode muito bem não haver ninguém num raio de cem passos, e depois uma população tão densa que as pessoas andem umas por cima das outras. Não ousam se aproximar. Nesse caso vou me esgoelar por nada. Apesar de tudo vou tentar. Tentei. Não ouvi nada de insólito. Sim, uma espécie de rangido abrasador do fundo da traqueia como quando você está com azia. Com treino talvez acabe fazendo com que ouçam um gemido. Infelizmente não tenho mais sono. Aliás não devo mais dormir. Que tédio. Perdi o bonde. Disse que não digo mais que uma pequena parte das coisas que me passam pela cabeça? Devia ter dito. Escolho as que parecem apresentar uma certa relação entre elas. Nem sempre é fácil. Espero que sejam as mais importantes. Me pergunto se vou conseguir parar. Se jogasse fora meu grafite. Não o recuperaria jamais. Poderia me arrepender. Meu grafitezinho. É um risco que não estou disposto a correr neste momento. Então como fazer? Me pergunto se não poderia conseguir, usando o bastão como um arpéu, deslocar minha cama. Pode muito bem estar sobre rodinhas, muitas camas estão. Incrível que nunca tenha me colocado essa questão desde que estou aqui. Conseguiria talvez guiá-la através da porta, de tão estreita que é, e mesmo fazê-la descer a escada, se há uma escada que desce. Ir embora. O escuro é uma desvantagem, num sentido. Mas sempre posso tentar saber se a cama se deixa mover. Basta apoiar o bastão contra a parede e jogar o peso nele. E já me vejo, se funcionar, dando uma voltinha no quarto, esperando que clareie o bastante para tentar a aventura. Enquanto isso pelo menos não direi mais mentiras. E depois, quem sabe, o esforço físico é capaz de acabar comigo, promovendo uma parada cardíaca.

Perdi meu bastão. Aí está o fato relevante deste dia, pois é dia de novo. A cama não se mexeu. Devo ter escolhido mal o ponto de apoio, no escuro. Ora tudo está aí, Arquimedes tinha razão. O bastão, ao deslizar, teria me atirado para fora da cama se não o tivesse soltado. Seria melhor renunciar à cama do que perder meu bastão. Mas não tive tempo de refletir. O medo da queda faz fazer tolices. É um desastre. Revivê-lo, refletir sobre ele e tirar dele lições, é sem dúvida o que tenho de melhor a fazer no momento. É dessa maneira que o homem se distingue dos primatas e vai, de descoberta em descoberta, sempre mais alto, rumo à luz. Me dou conta agora, não mais o tendo, do que era o meu bastão e do que representava para mim. E daí me ergo, penosamente, a uma compreensão do Bastão, desembaraçado de todos os seus acidentes, que nunca havia suspeitado. Aí está desde então minha consciência singularmente ampliada. De modo que não estou longe de ver, na verdadeira catástrofe que acaba de me castigar, um mal que vem para o bem. É consolador. Catástrofe também no sentido antigo sem dúvida. Sob a lava ficar frio como mármore, é aí que se vê com quantos paus se faz uma canoa. Saber poder fazer melhor, irreconhecivelmente melhor, da próxima vez, e que não haja próxima vez, e que seja uma oportunidade que não haja, há aí algo de que se regalar por um instante. Acredito que tirei o máximo dessa espécie de espanador de teto, como um macaco, se coçando, com a chave que abre a sua jaula. É aliás o que de melhor tem a fazer. Pois está óbvio para mim agora que manipulando meu bastão de uma maneira inteligente teria conseguido me arrancar da cama e talvez até me restituir a ela, quando cansasse de me arrastar e rolar pelo chão ou na escada. Isso teria introduzido um pouco de variedade na minha decomposição. Como não pensei nisso? É verdade que não tinha vontade de deixar minha cama. Mas o sábio, pode ele não ter vontade de uma coisa da qual não concebe sequer a possibilidade? Não compreendo. O sábio talvez não. Mas eu? É dia de novo, enfim o que se passa por isso aqui. Devo ter dormido depois de uma breve crise de desânimo, como não tinha há muito tempo. Pois para que desanimar, um dos ladrões se salvou, isso dá uma bela porcentagem. Estou vendo o bastão no chão, não longe da cama. Quer dizer que vejo uma parte dele, como de tudo o que se vê. É como se se encontrasse no equador. Não, não totalmente, pois talvez encontre o meio de recuperá-lo, de tal modo sou engenhoso. Tudo não está então totalmente perdido sem remédio. Enquanto isso mais nada é meu, segundo minha definição, se não me falha a memória, exceto meu caderno, meu grafite e o lápis francês, supondo que ele realmente exista. Fiz bem em parar meu inventário, estava bem inspirado. Estou me sentindo menos fraco, talvez tenham me alimentado enquanto dormia. Vejo o penico também, o que não está cheio, não poderei mais apanhá-lo. Vou sem dúvida ser obrigado a fazer na cama, como quando era bebê. Pelo menos não serei repreendido. Mas basta de falar de mim. Parece que isso me consola de ficar sem bastão. Tenho uma ideia para tentar reavê-lo. Acabo de pensar numa coisa. Se o plano deles, ao me privar de sopa, for me ajudar a falecer? Julga-se as pessoas muito depressa. Mas nesse caso por que me alimentar enquanto estou dormindo? Mas isso não é certo. Mas se quisessem me ajudar não seria mais inteligente me dar sopa envenenada, muita sopa envenenada? Talvez temam a autópsia. São pessoas que enxergam longe, isso se vê. Isso me lembra que eu tinha entre as minhas posses um pequeno frasco sem etiqueta com alguns comprimidos. Laxativos? Sedativos? Não me lembro mais. Pedir-lhes calma e não obter mais que uma diarreia, seria um vexame. Aliás a questão não se coloca. E estou calmo, não o bastante, me falta ainda um pouco de calma. E depois basta sobre mim. Vou ver o que ela vale, minha ideia para reaver o bastão. O fato é que devo estar muito fraco. Se ela valer alguma coisa, tentarei sair da cama, para começar. Se não, não sei o que vou fazer. Ir ver o que é feito de Macmann talvez. Tenho sempre esse recurso. Por que esta necessidade de ação? Estou ficando nervoso.

Um dia, muito mais tarde, a julgar por sua aparência, Macmann recobrou seus sentidos, mais uma vez, num asilo. Não sabia no começo que era um, estando enfiado nele, mas lhe disseram quando teve condições de receber uma comunicação. Disseram-lhe de fato em suma, Você está aqui no asilo São-João-de-Deus, com o número cento e setenta e seis. Não tenha medo, você está entre amigos. Façam ideia! Não se preocupe mais com nada, somos nós que pensaremos e agiremos por você daqui em diante. Adoramos isso. Então não nos agradeça. Fora os alimentos próprios para mantê-lo vivo, e inclusive saudável, você receberá, todos os sábados, em homenagem a nosso patrono, uma meia-pinta imperial de pórter e uma porção de fumo de mascar. Seguiram-se instruções sobre seus direitos e deveres, pois ainda lhe reconheciam um certo número de direitos, apesar da bondade da qual era objeto. Assustado com essa familiaridade torrencial, tendo até então escapado da caridade, Macmann não compreendeu imediatamente que era a ele que se dirigiam. O quarto, ou cela, onde se encontrava, fervilhava com homens e mulheres vestidos de branco. Eles se apertavam ao redor da sua cama, e os que estavam na segunda fila se erguiam na ponta dos pés e esticavam o pescoço, para vê-lo melhor. O que falava era um homem, naturalmente, na flor e vigor da idade, com feições traçadas em doses iguais de doçura e austeridade, e usava uma barba crespa destinada sem dúvida a reforçar sua semelhança com o Cristo. Para dizer a verdade improvisava menos do que lia, ou recitava, a julgar pelo papel que segurava na mão e para o qual dava de tempos em tempos uma olhada ansiosa. Estendeu finalmente esse papel para Macmann, ao mesmo tempo que um lápis indelével cuja ponta acabara de meter na boca, e lhe pediu para pôr nele sua assinatura, esclarecendo que se tratava de uma mera formalidade. E quando Macmann obedeceu, seja porque teve medo de ser punido se recusasse, seja porque não compreendeu a gravidade do que fazia, o outro retomou o papel, examinou-o e disse, Mac o quê? Foi então que uma voz de mulher, extraordinariamente aguda e desagradável, se fez ouvir, dizendo, Mann, ele se chama Macmann. Essa mulher estava colocada atrás de Macmann, de modo que ele não podia vê-la, e ela apertava em cada mão uma barra da cama. Quem é você? disse o barbudo. Alguém respondeu, Mas é a Moll, pode ver, ela se chama Moll. O barbudo se virou para o que acabara de falar, encarou-o por um instante, depois baixou os olhos. Certo, certo, ele disse, estou doente. Acrescentou, depois de um silêncio, É um nome bonito, sem que se pudesse saber com certeza se esse elogio era para o bonito nome de Moll ou para o bonito nome de Macmann. Não empurrem, pelo amor de Deus! disse, com irritação. Depois, dando bruscamente meia-volta, gritou, Mas por que vocês todos têm que empurrar afinal! O quarto de fato enchia-se cada vez mais, sob o afluxo de novos curiosos. Pessoalmente vou embora, disse o barbudo. Então todos se retiraram, de uma maneira toda desordenada, se acotovelando e cada um tentando passar na frente, com exceção de Moll que não se mexeu. Mas quando todos saíram, ela foi até a porta e a fechou, depois voltou e sentou-se, numa cadeira, perto da cama. Era uma velhinha, de corpo e rosto imoderadamente desgraciosos. Parecia chamada a desempenhar um certo papel nos acontecimentos notáveis que vão, espero, me permitir enfim concluir. Os braços magros e amarelos e retorcidos por uma deformação óssea qualquer, os lábios tão grandes e grossos que pareciam comer metade do rosto, eram o que tinha de mais repugnante (à primeira vista). Usava como brincos dois longos crucifixos de marfim que se balançavam loucamente ao menor movimento da cabeça.

Interrompo para anotar que me sinto numa forma extraordinária. É talvez o delírio.

Parecia a Macmann que essa pessoa deveria estar incumbida de sua proteção e cuidados. Correto. Haviam decretado de fato, no alto escalão, que o cento e setenta e seis era para a Moll. Ela havia aliás feito o pedido, segundo as regras previstas. Ela lhe trazia a comida (um prato grande por dia, com comida quente primeiro, depois fria), esvaziava seu penico todas as manhãs e lhe ensinava a se lavar, todos os dias o rosto e as mãos, e as outras partes do corpo uma após a outra, ao longo da semana, os pés segunda, as pernas até os joelhos terça, as coxas quarta, e assim por diante, culminando no pescoço e nas orelhas no domingo, não, domingo ele descansava. Ela varria o quarto, ajeitava a cama de tempos em tempos e parecia tirar um prazer extremo de esfregar e fazer brilhar os vidros foscos da única janela, que nunca era aberta. Ela fazia Macmann saber, quando ele fazia alguma coisa, se aquilo era permitido ou não, e similarmente, quando ele permanecia inerte, se sim ou não ele tinha direito a isso. Quer dizer que ela ficava permanentemente com ele? Não, e sem dúvida ela tinha outros afazeres a cumprir noutras partes, e outras instruções. Mas nos primeiros tempos, enquanto ele não havia se habituado à sua felicidade ainda nova, ela o deixava certamente o mínimo possível e o velava inclusive uma parte da noite. Que ela fosse compreensiva e de boa índole, é o que sobressai da seguinte anedota. Um dia, pouco tempo depois de sua admissão, Macmann compreendeu que vestia, em vez do seu atavio habitual, uma camisola comprida e larga de tecido grosso, talvez burel. Começou de imediato a exigir ruidosamente as suas roupas, incluído aí provavelmente o conteúdo dos bolsos, pois ele gritava, Minhas coisas! Minhas coisas! um grande número de vezes, enquanto se agitava na cama e batia no cobertor com as mãos espalmadas. Moll se sentou então na beira da cama e distribuiu suas mãos da seguinte maneira, uma sobre uma das de Macmann, a outra sobre sua testa, dele ou dela, dele. Ela era tão pequena que seus pés não alcançavam o assoalho. Macmann tendo se acalmado um pouco, ela lhe disse que suas roupas com certeza não existiam mais e consequentemente não lhe podiam ser devolvidas, e que quanto aos objetos que foram retirados delas, foram julgados sem valor algum e bons no máximo para serem jogados fora, com exceção de um pequeno descanso de talher de prata que guardavam à sua disposição. Mas essas declarações lançaram Macmann em tal perturbação que ela se apressou a acrescentar, rindo, que isso não passava de uma piada e que na realidade suas roupas, limpas, passadas, remendadas, desinfetadas com naftalina e dobradas numa caixa de papelão com seu nome e número, estavam em lugar seguro do mesmo jeito que se tivessem sido depositadas no Banco da Inglaterra. Mas como Macmann continuava a exigir suas coisas, como não tinha entendido nada do que acabara de lhe comunicar, ela foi obrigada a invocar as regras, que não admitiam em nenhum caso que um internado retomasse contato com seu envoltório de homem sem eira nem beira antes do fim da sua internação. Mas como Macmann continuava a exigir suas roupas em altos brados, e particularmente seu chapéu, ela o deixou dizendo que ele não era razoável. E ela reapareceu pouco tempo depois, segurando na ponta dos dedos o chapéu em questão, que tinha ido procurar talvez no monte de lixo nos fundos da horta, pois saber de tudo demanda muito tempo, pois franjado de esterco parecia estar em plena decomposição. E além do mais consentiu que ele o pusesse, e ela mesma o ajudou, ajudando-o a se pôr sentado e arrumando seus travesseiros de tal maneira que ele pudesse manter-se assim sem se cansar. E contemplou com ternura o velho rosto aturdido que se distendia, e no fundo dos pelos a boca tentando sorrir, e os olhinhos vermelhos voltando-se timidamente em sua direção como se quisessem lhe agradecer ou virando-se para o chapéu recuperado, e as mãos que se levantavam para melhor assentá-lo e voltavam a pousar trêmulas sobre o cobertor. E finalmente eles trocaram um longo olhar, e a boca de Moll abriu-se e inchou-se num sorriso horroroso, o que fez vacilar os olhos de Macmann como os de um animal que o dono encara e os obriga finalmente a se desviarem. Fim da anedota. Deve ser o mesmo chapéu que foi abandonado no meio da planície, de tal modo se parece com ele, levando-se em conta um adicional de uso. Não seria então por acaso o mesmo Macmann afinal, apesar da grande semelhança física, e espiritual, para quem conhece o poder da passagem dos anos? Os Macmanns são de fato numerosos na ilha e na maioria orgulhosos, ainda por cima, de terem saído todos, no fim das contas, do mesmo ilustre colhão. Então se parecem necessariamente de tempos em tempos, uns com os outros, a ponto de se confundirem até mesmo na mente daqueles que lhes querem bem e ficariam sinceramente felizes de poder distingui-los. De resto não importa que vestígios de carne e consciência deem conta do recado, não vale a pena perseguir as pessoas. Desde que ainda seja o que se chama um vivente não há como se enganar, é o culpado. Durante muito tempo não se mexeu da cama, na incerteza em que estava sobre se ainda conseguia andar, ou ficar em pé, e no temor de encontrar, supondo que conseguisse, aborrecimentos que isso pudesse atrair para ele da parte da direção. Consideremos primeiro esta primeira fase da estadia de Macmann no São-João-de-Deus, passaremos em seguida à segunda, e inclusive à terceira, se necessário.

Um monte de coisinhas a sublinhar, muito curiosas, dada a minha situação, se as interpreto corretamente. Mas as minhas anotações têm uma tendência lastimável, compreendi isso enfim, a fazer desaparecer tudo o que supostamente fazem de objeto. Me desvio então prontamente deste calor extraordinário, para não dizer mais que isso, que se apossou de certas partes do meu mecanismo, não direi quais. Com o outro, isso não tem importância. E dizer que eu estava mais era esperando um resfriamento!

Esta primeira fase, a da cama, foi caracterizada pela evolução das relações entre Macmann e sua guardiã. Estabeleceu-se lentamente entre eles uma espécie de intimidade, que os levou em um dado momento a se deitarem juntos e se acasalarem o melhor que pudessem. Pois dada a idade deles e o pouco de experiência do amor carnal, era natural que não tivessem sucesso na primeira investida em dar a impressão de serem feitos um para o outro. Via-se então Macmann que teimava em fazer seu sexo entrar no da sua parceira como um travesseiro numa fronha, dobrando-o em dois e inserindo-o com os dedos. Mas longe de se desencorajar, excitando-se no jogo, terminaram mesmo, embora de uma perfeita impotência um e outro, por fazer brotar dos seus abraços secos e débeis uma espécie de volúpia sombria, apelando a todos os recursos da pele, das mucosas e da imaginação. De modo que Moll gritou, sendo a mais expansiva dos dois (naquela época), Se tivéssemos nos encontrado há sessenta anos! Mas antes de chegar aí quantas afetações, sustos e apalpadelas ariscas, dos quais só importa reter isto, que fizeram Macmann entrever o que significava a expressão ser dois. Fez então progressos incontestáveis no exercício da fala e aprendeu em pouco tempo a colocar nos lugares certos os sim, não, mais e bastas que mantinham a sua amizade. Penetrou na mesma ocasião no mundo encantado da leitura, pois Moll lhe escrevia cartas inflamadas e as remetia a ele em mãos. E as lembranças da escola são tão tenazes, para os que nela estiveram, que ele logo pôde dispensar as explicações da sua correspondente e tudo compreender sozinho, segurando a folha tão longe dos olhos quanto permitiam seus braços. Durante a leitura Moll se mantinha um pouco à distância, os olhos baixos, dizendo a si mesma, Ele está ali... ali... ali, e ficava nessa posição até que o barulho da folha reposta no envelope lhe anunciasse que ele tinha terminado. Ela se virava então prontamente para ele, a tempo de vê-lo levar a carta aos lábios ou apertá-la contra o coração, outra lembrança do quarto ano. Em seguida a devolvia a ela e ela a colocava debaixo do travesseiro com as outras que já se encontravam ali, arrumadas por ordem cronológica e amarradas com uma fita. Essas cartas não variavam muito quanto à forma e ao teor, o que para Macmann facilitava enormemente as coisas. Exemplo. Querido, não se passa um dia sem que eu agradeça a Deus, de joelhos, por ter te encontrado, antes de morrer. Pois morreremos logo todos dois, isso é evidente. Que seja no mesmo exato instante, é tudo que peço. Aliás tenho a chave da farmácia. Mas aproveitemos primeiro esse crepúsculo soberbo, inesperado para dizer o mínimo, depois de um longo dia de tempestade! Não tens a mesma opinião? Querido! Se tivéssemos nos encontrado há setenta anos! Não, tudo é para o melhor, não teremos tempo de aprender a nos abominar, de ver nossa juventude ir embora, de nos lembrarmos com náusea da embriaguez antiga, de procurar em terceiros, cada um por si, o que juntos não conseguimos mais, enfim, numa palavra, de nos habituarmos um ao outro. É preciso ver as coisas como elas são, não é, meu lulu? Quando me tens em teus braços, e eu a ti nos meus, não é grande coisa obviamente, em comparação com os arrebatamentos da juventude, e até mesmo da maturidade.

Mas tudo é relativo, isso é que é preciso dizer, aos cervos e às corças as suas necessidades e a nós as nossas. É mesmo espantoso que te saias tão bem, custa-me a crer, é que deves ter levado uma vida sóbria e casta! Eu também, deves ter percebido. Considera também que a carne não é tudo, principalmente na nossa idade, e procura os amantes que podem com os olhos o que podemos com os nossos, que em breve terão visto tudo e com frequência têm trabalho em se manter abertos, e com a ternura deles, privada do auxílio da paixão, o que reduzidos a esse único meio realizamos diariamente, quando as minhas obrigações nos separam. Cogita por outro lado, já que estamos a nos dizer tudo, que nunca fui bonita nem bem feita, mas antes feia e quase disforme, a julgar pelos testemunhos que recebi. Papai especialmente me dizia que eu era feia como o diabo, guardei a expressão. Quanto a ti, meu amor, quando tinhas idade para fazer o coração das belas bater mais depressa, reunias outras condições? Duvido. Mas ao envelhecer aqui estamos pouco mais horrendos que nossos contemporâneos mais bem apanhados, e tu, em particular, tu mantiveste os cabelos. E por nunca termos servido, nunca compreendido, não somos privados de frescor nem de inocência, ao que me parece. Conclusão, para nós é enfim a estação do amor, aproveitemo-la, há peras que só amadurecem em dezembro. Sobre o curso a seguir, confia em mim, ainda faremos coisas espantosas, verás. Quanto a pé com cabeça, não sou da tua opinião, acho que é preciso perseverar. Deixa-te guiar, verás como é bom. Seu grande safado! São todos esses ossos que nos atrapalham, é fato. Enfim aceitemo-nos tais como somos. E sobretudo não nos abalemos, são só brincadeirinhas. Pensemos nas horas em que, enlaçados, fatigados, no escuro, nossos corações trabalhando em uníssono, ouvimos o vento dizer o que é estar lá fora, à noite, no inverno, e o que é ter sido o que fomos, e soçobramos juntos numa infelicidade sem nome, abraçando-nos. Eis o que é preciso ver. Coragem então, velho bebê peludo que eu adoro, e beijos molhados, tu adivinhas onde, da tua Boneca Chupeta. P.S. Perguntei sobre as ostras, tenho esperanças. Tal era o tom ligeiramente discursivo das declarações que Moll, em desespero sem dúvida por não poder dar pleno curso a seus sentimentos pelas vias normais, endereçava três ou quatro vezes por semana a Macmann, que nunca lhe respondia, quero dizer com preto no branco, mas manifestava por todos os meios em seu poder o prazer que tinha de recebê-las. Mas perto do fim desse idílio, quer dizer um pouco tardiamente, e justamente quando as cartas se faziam mais raras, reunindo todas as forças do seu vocabulário, Macmann começou a compor textos curtos curiosamente rimados, para oferecê-los a sua amante, pois sentia que ela lhe fugia. Exemplo.

Boneca Chupeta e bebê velhinho
O amor nos deixou juntinhos
No fim de um longo caminho
Que não foi só de felicidade
É verdade
Não só de felicidade.

Outro exemplo.

Seguindo o amor, vieste e vim,
Mão na mão para Glasnevin[11]
É nosso melhor lugarzinho
Eu penso assim e tu também
Ah, muito bem
Pensamos assim.

11. *Nome de um cemitério local muito apreciado.* [Nota presente no texto francês (N.T.)].

Teve tempo de fazer dez ou doze dessa qualidade mais ou menos, caracterizados sem exceção pela importância atribuída ao amor considerado como uma espécie de aglutinante mortal, ideia que se encontra com frequência em textos místicos. E é extraordinário que Macmann tenha conseguido se erguer, em tão pouco tempo e depois de começos tão dificultosos, a uma concepção tão elevada. E pode-se cogitar o que ele teria conseguido fazer se tivesse conhecido a verdadeira sexualidade numa idade menos avançada.

Estou me perdendo. Nem uma palavra.

Começos dificultosos de fato, nos quais Moll lhe inspirava francamente um distanciamento. Seus lábios em particular lhe causavam horror, os mesmos, ou pouca coisa diferentes, que alguns meses mais tarde ele deveria chupar grunhindo de prazer, a ponto de só ao vê-los não apenas fechar os olhos, mas escondê-los atrás das mãos, para maior segurança. Então foi ela quem se consumiu nessa época em ardores incansáveis, o que pode servir para explicar por que, no fim, ela pareceu recuar e ter por sua vez necessidade de estímulo. A menos que fosse simplesmente uma questão de saúde. O que não exclui ainda a hipótese de que Moll, calculando a partir de um dado momento que se enganara com Macmann e que finalmente ele não era aquele que acreditara, tenha desejado dar fim a seu vínculo, mas suavemente, para não assustá-lo. Infelizmente não se trata aqui de Moll, que não passa afinal de uma fêmea, mas de Macmann, nem ainda do fim das suas relações, mas antes do começo. Quanto ao breve período de plenitude entre esses dois longos extremos, em que entre o calor crescente de um e o já ligeiramente em baixa do outro estabeleceu-se uma igualdade fugaz de temperatura, não se fará menção a isso. Pois se é preciso ter para não ter tido e para não ter mais, nada obriga a fazer ostentação disso.

Mas antes concedamos a palavra aos fatos. Aqui está mais ou menos o tom. Exemplo. Um dia, quando Macmann começava a se acostumar a ser amado, sem todavia responder ainda como devia fazer em seguida, ele afastou o rosto de Moll do seu sob o pretexto de querer examinar seus brincos. Mas como ela se dispunha a retomar o combate, ele a deteve de novo, perguntando por via das dúvidas, Por que dois Jesus? dando a entender que um só seria mais que suficiente. Ao que ela deu a resposta absurda, Por que duas orelhas? Mas ela se fez perdoar um instante depois, dizendo, com um sorriso (ela sorria por nada), Aliás, são os ladrões, Jesus está na minha boca. Separando então os maxilares e puxando entre polegar e indicador o seu lábio na direção da barbicha ela descortinou, rompendo sozinho a monotonia das gengivas, um longo canino, amarelo e profundamente descarnado, talhado para representar o célebre sacrifício, com a broca provavelmente. Escovo-o cinco vezes por dia, uma para cada chaga. Com o indicador da mão livre ela o apalpou. Balança, disse, tenho medo de acordar qualquer dia desses e tê-lo engolido, seria melhor pedir para arrancarem. Ela soltou o lábio que voltou instantaneamente ao seu lugar com um barulho de roupa no batedouro. Esse incidente deixou em Macmann uma forte impressão e fez com que Moll desse, nas suas afeições, um salto à frente. E ao prazer que teve depois em colocar a língua na sua boca e passeá-la pelas gengivas, esse caco-crucifixo não era certamente estranho. Mas qual é o amor isento desses auxiliares inofensivos? Ora é um objeto, uma cinta-liga ao que parece ou um protetor de axila. E ora de fato é a simples imagem de um terceiro. Algumas palavras para terminar o declínio desta ligação. Não, não consigo.

Cansado do meu cansaço, última lua branca, único remorso, nem isso. Estar morto, antes dela, sobre ela, com ela, e girar, morto sobre morta, ao redor dos pobres homens, e não ter mais nunca que morrer, entre os morrentes. Nem isso, nem mesmo isso. Minha lua esteve aqui embaixo, aqui bem baixo, o pouco que fui capaz de desejá-la. E um dia, em breve, uma noite na terra, em breve, debaixo da terra, alguém morrendo dirá, como eu, na claridade da terra, Nem isso, nem mesmo isso, e morrerá, sem ter conseguido encontrar um remorso.

Moll. Vou matá-la. Ela continuava cuidando de Macmann, mas não era mais a mesma. Terminada a limpeza, se instalava no meio do quarto, na cadeira, e não se mexia mais. Se ele a chamasse, ela ia se empoleirar na beira da cama e até se deixava bolinar. Mas era evidente que estava pensando em outra coisa e que só tinha uma premência, retornar à cadeira e retomar o gesto que tinha se tornado familiar a ela, de massagear lentamente a barriga, fazendo-lhe bastante pressão, com as duas mãos. Estava começando aliás a feder. Ela nunca tinha cheirado bem, mas entre não cheirar bem e exalar o odor que ela exalava nessa época há um abismo. No mais estava sujeita a vômitos. Voltando-se então, para oferecer a seu amante apenas suas costas sacudidas por movimentos convulsivos, vomitava longamente sobre o assoalho. E esses dejetos permaneciam às vezes, durante horas inteiras, ali mesmo onde tinham caído, esperando que ela tivesse força para ir procurar com que os retirar e limpar o local. Meio século mais jovem poderia parecer que estava grávida. Ao mesmo tempo perdia os cabelos em abundância, e confessou a Macmann que não ousava mais penteá-los, com medo de acelerar a queda. Ela me conta tudo, ele dizia a si mesmo com satisfação. Mas tudo isso era pouco em vista da alteração da sua cor, que de amarela passara a açafrão, a olhos vistos. Macmann, vendo-a tão encolhida, não experimentava menos a necessidade de segurá-la nos braços, toda fedida e vomitadora que estava. E teria feito isso certamente se ela não se opusesse. Pode-se compreendê-

-lo (a ela também). Pois quando se encontra ao alcance da mão o único amor compartilhado de uma vida desmesurada, é natural que se queira aproveitar, enquanto ainda há tempo, e que não se deixe desviar disso por desgostos convenientes para os fracos mas com os quais o amor não se importa, se é verdadeiro. E embora tudo parecesse indicar que Moll não estava no seu normal, Macmann não conseguia impedir-se de ver na sua atitude mais um esfriamento em relação a ele. E talvez houvesse algo disso também. O que quer que fosse, quanto mais ela declinava, mais Macmann tinha vontade de esmagá-la contra o peito, o que é apesar de tudo bastante raro e curioso para merecer ser mencionado. E quando ela se virava para ele e o olhava (e ela ainda fazia isso de tempos em tempos) com olhos nos quais ele acreditava ler um amor e um remorso sem limites, então uma espécie de frenesi o tomava e ele começava a martelar com os punhos seu peito, sua cabeça e inclusive o colchão, enquanto se contorcia e emitia gritos, na esperança talvez de que ela tivesse pena dele e viesse consolá-lo e enxugar-lhe os olhos, como no dia em que havia exigido seu chapéu. E no entanto não, ele se debatia, se torcia e gritava sem premeditação, pois ela deixava que o fizesse, e inclusive saía do quarto a seu bel-prazer se durasse tempo demais. Então ele continuava sozinho fora de si, o que é uma prova, não é, de que estava desinteressado, a menos que suspeitasse que ela tivesse parado atrás da porta, para ouvi-lo. E acalmado enfim, ou sem poder mais, lamentava a longa imunidade perdida, do asilo, da caridade e da ternura humana. E levava inclusive a inconsequência até o ponto de se perguntar com que direito cuidavam dele. Em uma palavra, dias bem ruins para Macmann. Para Moll também, propriamente, com certeza, se quisermos. Foi nessa época que ela perdeu seu canino, saiu sozinho do alvéolo, felizmente em pleno dia, de modo que ela pode recolhê-lo e guardá-lo em lugar seguro. Macmann disse a si mesmo, quando ela lhe disse, Houve um tempo em que ela o teria oferecido a mim, ou mostrado pelo menos. Mas disse a si mesmo em seguida, primeiro, Ela poderia não ter me dito nada, então é um sinal de afeição e de confiança. Segundo, Mas eu teria sabido de qualquer maneira, quando ela abrisse a boca para falar ou sorrir. E enfim, Mas ela não fala nem sorri mais. Um dia bem cedo um homem que ele nunca tinha visto veio lhe dizer que Moll estava morta. Aí está mais uma liquidada. Me chamo Lemuel, ele disse, embora de pais provavelmente arianos, e sou eu que cuidarei de você a partir de agora. Aqui está sua papa. Coma enquanto está fervendo.

Mais um pequeno esforço. Lemuel dava a impressão de ser ligeiramente mais tolo que malvado, e no entanto sua maldade era considerável. Quando Macmann, cada vez mais inquieto com a sua situação aparentemente e, além disso, capaz de isolar e exprimir, bem o bastante para ser compreendido, uma pequena parte do que lhe passava pela cabeça, quando Macmann, digo, lhe pedia uma informação era raro receber uma resposta imediata. Solicitado a dizer se São-João-de-Deus era uma instituição privada ou sob a tutela da República, se era um asilo para velhos e enfermos ou um manicômio, se uma vez abocanhado podia-se contudo alimentar a esperança de sair um dia e, em caso afirmativo, mediante quais passos, Lemuel ficava longamente a cismar, até dez minutos ou um quarto de hora por vezes, imóvel ou, se quisermos, coçando a cabeça ou a axila, como se tais perguntas nunca tivessem aflorado em sua cabeça, ou talvez refletindo sobre coisa completamente diferente. E se Macmann, impacientando-se ou acreditando ter-se exprimido mal, permitia-se retomar a palavra, um gesto imperioso o fazia calar. Tal era esse Lemuel, visto de um certo ângulo. Ou ele gritava, sapateando com um nervosismo indescritível, Deixe-me refletir, seu bosta! Terminava a maioria das vezes dizendo que não sabia nada daquilo. Mas era sujeito a acessos de bom humor quase hipomaníacos. Então acrescentava, Mas vou perguntar. E tirando seu caderno de notas, que tinha as dimensões de um livro de bordo, anotava, murmurando, Privado ou do Estado, loucos ou como nós, como sair etc. Macmann podia ter certeza então de que não ouviria mais falar disso. Posso me levantar?, disse um dia. Já no tempo de Moll tinha mais de uma vez manifestado o desejo de se levantar e sair para tomar ar, mas timidamente, como quando se pede a lua. O que lhe valeu aprender que de fato se fosse ajuizado poderia sem dúvida um dia se levantar e inclusive sair, respirar o ar puro do planalto, e que neste dia, no grande salão onde todo o pessoal se reunia ao amanhecer antes de começar o turno, ou de ir deitar-se, conforme o caso, veriam espetada no quadro de serviços uma anotação assim concebida, Que o cento e setenta e seis se levantou e saiu. Pois em tudo o que dizia respeito às regras Moll se mostrava inflexível, e sua voz cobria a do amor, no seu coração, cada vez que elas se faziam ouvir ao mesmo tempo. Por exemplo, das ostras, que a direção recusara lembrando-lhe o artigo que as interditavam, mas que ela poderia facilmente ter obtido contando com a ajuda de cúmplices de fora, Macmann não viu nem a cor. Mas Lemuel era de outro estofo, a esse respeito, e longe de parecer ater-se aos estatutos, parecia conhecê-los apenas de maneira muito imperfeita. Podia-se aliás se perguntar, colocando-se de um ponto de vista mais elevado, se ele tinha o seu juízo perfeito. Quando os terrores da reflexão não o pregavam num lugar, durante longos minutos, ele ia e vinha sem parar, com seu andar pesado, furioso e cambaleante, gesticulando e articulando com violência vocábulos ininteligíveis. Esfolado vivo pela memória, a mente fervilhando de cobras, não ousando nem sonhar nem pensar e ao mesmo tempo impotente para se defender disso, seus gritos eram de dois tipos, aqueles que tinham por única causa a dor moral e aqueles, semelhantes em todos os pontos, mediante os quais esperava impedir estes últimos. A dor física, pelo contrário, lhe parecia um precioso auxílio, e um dia, levantando a perna da calça, mostrou a Macmann sua tíbia coberta de contusões, cicatrizes e queimaduras. Depois, tirando prontamente de um bolso interno um martelo desferiu em si mesmo, bem no meio das feridas antigas, um golpe tão violento que caiu de costas. Mas a parte em que se batia com mais gosto, com esse mesmo martelo, era a cabeça, e isso era compreensível, pois aí está uma parte ossuda também, e sensível, e fácil de atingir, e é lá dentro que há todas as imundícies e podridões, então você bate nela com mais gosto do que na perna, por exemplo, que não lhe fez nada, é humano. Tenho o direito de me levantar? gritou Macmann. Lemuel se imobilizou. O quê? urrou. Me levantar! gritou Macmann. Quero me levantar! Quero me levantar!

Vieram. Isso ia bem demais. Tinha esquecido de mim, me perdido. Não é verdade. Ia bem. Eu estava em outro lugar. Um outro estava sofrendo. Então vieram. Para me chamar de volta à agonia. Se isso os diverte. O fato é que eles não sabem, eu também não, eu não sei, mas eles, eles acreditam saber. Um avião passa, voando baixo, com um barulho de trovão. É um barulho que não tem nada de trovão, diz-se trovão mas não se pensa nisso, é um barulho fugaz e forte e só, não se parece com nenhum outro. É por certo a primeira vez que o ouço aqui, que eu saiba. Mas ouvi aviões em outros lugares e inclusive os vi voar, vi os primeiros voar e depois no fim das contas os modelos mais recentes, oh, não os últimos mesmo, os penúltimos mesmo, os antepenúltimos mesmo. E mais. Fui testemunha de um dos primeiros *loopings*, juro. Não tinha medo. Estava em cima de uma pista de corrida, minha mãe me segurava pela mão. Ela dizia, É um prodígio, um prodígio. Então mudei de ideia. Com frequência não estávamos de acordo. Um dia subíamos juntos uma ladeira extraordinariamente íngreme, perto de casa provavelmente, as ladeiras íngremes se confundem na minha memória. Me lembro do azul do céu. Disse, O céu está mais longe do que se imagina, não é, mamãe? Foi sem malícia, pensei simplesmente livremente nas milhas que me separavam dele. Ela respondeu, Ele está exatamente tão longe quanto parece. Ela tinha razão. Mas na hora isso me arrasou. Ainda vejo o lugar, em frente ao portão do Tyler. Hortelão, ele era caolho e usava costeletas. É isso, continue tagarelando. Via-se o mar, as ilhas, os promontórios, os istmos, a costa se afastando ao norte e ao sul e os molhes sinuosos do porto. Vínhamos do açougue. Minha mãe? Talvez seja uma história que eu tenha escutado de alguém e achei boa. Me contaram dessas, sempre boas, sempre boas, por um tempo. De qualquer maneira aqui estou de volta na merda. O avião, esse, acaba de passar a duzentas milhas por hora talvez. É uma boa velocidade para a época. Estou com ele de coração, é coisa certa. Mas sempre estive de coração com um monte de coisas. De corpo não. Não tão tolo. Aqui está em todo caso o programa, o fim do programa. Acreditam que podem me perturbar e me fazer perder de vista meus programas. São verdadeiros babacas. Aqui está. Visita, observações diversas, continuação de Macmann, retomadas da agonia, continuação de Macmann, depois mistura de Macmann e agonia pelo maior tempo possível. Não depende de mim, meu grafite não é inesgotável, meu caderno também não, Macmann também não, eu também não apesar das aparências. Que tudo isso se dane ao mesmo tempo, é tudo que peço, por ora. Salvo imprevisto. É claro. Aqui estamos prevenidos. Visitante. Senti um grande golpe na cabeça. Talvez já estivesse lá há algum tempo. A gente não gosta de esperar demais, a gente se anuncia como pode, é humano. Ele sem dúvida já tinha dado os avisos de costume. Não sei o que queria. Já foi agora. Que ideia, mesmo assim, de bater na minha cabeça. Tem uma luz engraçada aqui desde então, oh, não estou insinuando nada, fraca e ao mesmo tempo radiante, talvez ele tenha quase me matado a pancadas. Sua boca se abriu, seus lábios se agitaram, mas não ouvi nada. É como se ele não tivesse dito nada. Não sou todavia surdo, o avião é prova, se não ouço nada é porque não há nada para ouvir. Mas talvez tenha me tornado com o tempo pouco suscetível aos ruídos especificamente humanos. Eu mesmo, por exemplo, não faço nenhum ruído, veja, tanto pior, mas nenhum. E no entanto respiro, tusso, gemo, engulo, tudo perto do meu ouvido, disso tenho certeza. Dá na mesma dizer que ignoro a que devo a honra. Ele parecia inquieto. Devo descrevê-lo? Por que não? Talvez seja importante. Vi-o bem. Terno preto de corte antiquado ou talvez de novo na moda, gravata preta, camisa de um branco de neve, punhos *à la clown* demasiadamente engomados quase lhe escondendo as mãos por inteiro, cabelos pretos frisados, rosto comprido, glabro, taciturno e como que empoado, olhos sombrios apagados, altura e corpo medianos, chapéu redondo pressionado delicadamente pela ponta dos dedos contra o baixo-ventre primeiro, depois num dado momento metido na cabeça com um gesto de uma subitaneidade e segurança extraordinárias. Uma régua dobrável ultrapassava, ao mesmo tempo que a orla de um lenço branco, a borda do bolso da camisa. Tomei-o a princípio por um empregado de funerária, desgostoso de ter sido incomodado prematuramente. Ficou um bom tempo, sete horas pelo menos. Esperava talvez ter a satisfação de me ver entregar a alma antes de ir embora, isso sem dúvida teria evitado uma viagem. Acreditei por um instante que ia acabar comigo. Que nada. Teria sido um crime. Deve ter ido embora às seis horas, terminado seu horário. Estou numa luz engraçada desde então. Quer dizer que ele foi embora uma primeira vez, depois voltou algumas horas mais tarde, depois foi embora para sempre. Deve ter ficado aqui das nove às doze e das quatorze às dezoito, é isso. Consultou muito o seu rélogio, um cebolão. Talvez volte amanhã. Foi de manhã que bateu em mim, pelas dez horas provavelmente. À tarde não me fez nada, embora não o tenha visto imediatamente, já estava em seu lugar quando o vi, em pé ao lado da cama. Falo de manhã e tarde e de tal e tal hora, é preciso se colocar no lugar das pessoas se se quer realmente falar delas, não é tão difícil. Do que não se deve falar nunca, é da sua felicidade, não vejo nada mais por ora. Preferível inclusive nem pensar nela. Em pé ao lado da cama ele me observava. Vendo meu lábios se moverem, curvou-se sobre mim. Tinha coisas para lhe pedir, teria lhe pedido, por exemplo, para me dar meu bastão. Ele teria recusado. Então de mãos postas e lágrimas nos olhos lhe teria implorado para me fazer esse pequeno favor. Essa humilhação me foi recusada graças à minha afonia. Minha voz se extinguiu, o resto seguirá. Poderia ter escrito, no meu caderno, e lhe mostrado, Dê-me meu bastão, por favor. Ou então, Faça a gentileza de me passar meu bastão. Mas tinha escondido o caderno embaixo do cobertor, para que ele não o pegasse. Fiz isso sem pensar que já havia algum tempo que ele estava ali (senão não teria me golpeado), a me observar escrever, pois devia estar escrevendo quando ele chegou, e que consequentemente ele teria podido com facilidade se apossar do meu caderno se quisesse, e sem pensar tampouco que ele estava me observando no instante da escamoteação, e que consequentemente não fazia mais que chamar sua atenção para o próprio objeto que queria ocultar dele. Aí está o que é raciocinar. Pois não me resta mais que o caderno de tudo que tive, então me apego a ele, é humano. O grafite também, é claro, mas o que é isso, um grafite, sem papel? Deve ter dito a si mesmo, enquanto almoçava, Esta tarde vou tomar-lhe o caderno, parece apegado a ele. Mas quando voltou o caderno não estava mais ali onde tinha me visto colocá-lo, não contava com isso. Seu guarda-chuva, falei dele? Um guarda-chuva pontudo. Trocando-o de mão a cada poucos minutos, apoiava-se nele, em pé perto da cama. Então se dobrou. Serviu-se dele para levantar minhas cobertas. Foi com ele que pensei que me mataria, com sua longa ponta afiada, só tinha que mergulhá-la em meu coração. Homicídio voluntário era o que diriam. Talvez volte amanhã, mais bem equipado, ou com um assistente, agora que se familiarizou com as instalações. Mas se ele me observava, eu também o observava. Acredito que tenhamos nos encarado literalmente durante horas quase sem piscar. Ele imaginava provavelmente que pudesse me fazer baixar os olhos, porque sou velho e caquético. Pobre babaca. Fazia tanto tempo que não via um desses bestalhões que fiquei de olho, como se diz, com medo de me enganar. Disse a mim mesmo, Um dias desses vão brotar dos galhos. E aquela cara! Tinha me esquecido. Num dado momento, incomodado pelo cheiro provavelmente, se meteu entre a cama e a parede para tentar abrir a janela. Não conseguiu. De manhã não tirei os olhos dele. Mas de tarde dormi um pouco. Não sei o que ele fez enquanto isso, vasculhou as minhas coisas provavelmente, com seu guarda-chuva, elas estão espalhadas no assoalho agora. Acreditei por um instante que ele tinha sido despachado para mim pela funerária. Os que me fizeram viver aqui até agora cuidarão sem dúvida para que eu seja enterrado com um mínimo de pompa. Aqui jaz Malone enfim, com as datas para dar uma vaga ideia do tempo que ele levou para se desculpar e depois para distingui-lo dos homônimos, numerosos na ilha e no além-túmulo. Estranho que nunca tenha encontrado um só que eu saiba. Tenho tempo. Aqui jaz um pobre diabo, deu azar de cabo a rabo. Mas um momento apenas, quero dizer durante meia hora no máximo. Em seguida atribuí a ele outras funções, todas decepcionantes tanto umas quanto as outras. Estranha essa necessidade de saber quem são as pessoas e o que fazem na vida e o que querem de você. Apesar do desembaraço com que trajava o luto e manuseava o guarda-chuva e o trato incontestável que tinha com o chapéu redondo, me pareceu durante certo tempo estar disfarçado, mas de quê, se ouso dizer, e em quê? Num dado momento, mais um, teve medo, sua respiração se precipitou e ele se afastou da cama. Foi então que vi que usava botas amarelas, o que causou um efeito em mim que as palavras são impotentes para dar a mais vaga ideia. Estavam copiosamente enlameadas de barro fresco e disse a mim mesmo, Através de que lamaçais teve que se esforçar até chegar a mim? Me pergunto se procurava algo em particular, seria interessante saber. Vou arrancar uma folha do meu caderno e reproduzir, de memória, o que se seguiu, para lhe mostrar amanhã, ou hoje, ou daqui a não importa quanto, se um dia voltar. 1) Quem é você? 2) O que você faz? 3) Que quer de mim? 4) Está procurando algo em particular? O que mais? 5) Por que você se ofendeu? 6) Fiz-lhe alguma coisa? 7) Você sabe alguma coisa a meu respeito? 8) Você não devia ter me batido. 9) Dê-me meu bastão. 10) Você trabalha por conta própria? 11) Se não, quem o envia? 12) Ponha minhas coisas em ordem de novo. 13) Minha sopa, por que a suprimiram? 14) Meus penicos, por que motivo não os esvaziam mais? 15) Você acha que ainda vou durar muito tempo? 16) Posso lhe pedir um favor? 17) Suas condições serão as minhas. 18) Por que suas botas são amarelas e onde você as sujou assim? 19) Você não teria um toco de lápis para me dar? 20) Numere suas respostas. 21) Não vá embora, ainda tenho coisas a lhe pedir. Uma folha será suficiente? Devem sobrar muito poucas. Poderia pedir uma borracha, já que é assim. 22) Você poderia me emprestar um elástico? Depois que foi embora disse a mim mesmo, Mas já o vi em algum lugar. E as pessoas que vi, eu posso lhe garantir que elas me viram também. Mas de quem não se pode dizer, Eu o conheço. Besteira tudo isso. E depois à noitinha a manhã está tão longe. Me acostumei com ele. Não o olhava mais. Pensava nele, tentava compreendê-lo, não se pode fazer isso e olhar ao mesmo tempo. Não o vi nem ir embora. Oh, ele não desapareceu, à maneira de um espectro, eu o ouvi, o barulho da corrente quando tirou o relógio, a batida satisfeita do guarda-chuva no assoalho, a meia-volta, os passos rápidos em direção à porta, a mesma fechada de novo sem barulho e enfim, se ouso dizê-lo, um assobio vivo e alegre se afastando. O que omiti? Pequenas coisas, nadinhas, que retornarão mais tarde, vão me fazer ver com mais clareza o que acaba de se dar, vão me fazer dizer, Ah, se soubesse então, agora é tarde demais. Sim, pouco a pouco verei tal como acabou de acontecer, ou tal como deveria ter acontecido para que pudesse me dizer, mais uma vez, Tarde demais, tarde demais. Aí está o que é sentir. Ou talvez não seja senão a primeira de uma série de visitas, cada uma diferente. Vão se revezar e são numerosos. Amanhã talvez use perneiras, calças de montaria e um boné xadrez, com um chicote na mão para compensar o guarda-chuva e uma ferradura na lapela. Todas as pessoas que já entrevi de perto ou de longe podem desfilar a partir de agora, isso é evidente. Talvez haja inclusive mulheres e crianças, também os vislumbrei, terão todos na mão algo com que se apoiar e vasculhar minhas coisas, me baterão todos com um grande golpe na cabeça para começar, depois passarão o dia a me olhar com raiva e desgosto. Será preciso refazer o questionário de modo a que seja aplicável a todos e cada um. Talvez se encontre entre eles um, um dia, esquecido das instruções, que me devolva o bastão. Ou poderei talvez agarrar um, uma menininha por exemplo, e estrangulá-la pela metade, que digo, por uns três quartos, para que consinta em me dar o bastão, em me dar a sopa, em esvaziar meus penicos, em me beijar, em me acariciar, em me sorrir, em me dar meu chapéu, em ficar comigo, em seguir o carro fúnebre chorando no seu lenço, seria lindo. Sou tão bom no fundo, tão bom, como ninguém percebeu isso? Uma menininha daria bem pro meu gasto, ela se despiria na minha frente, se deitaria comigo, só teria a mim, eu empurraria a cama contra a porta para impedi-la de ir embora, mas então ela se jogaria pela janela, quando soubessem que estava comigo trariam sopa para nós dois, ensinaria a ela o amor e a aversão, ela não me esqueceria jamais, eu morreria encantado, ela me fecharia os olhos e colocaria um tampão no meu cu, conforme minhas instruções. Não se deixe levar, Malone, não se deixe levar, carniça velha. De fato, quanto tempo se pode jejuar impunemente? O prefeito de Cork durou um tempo infinito, mas era jovem, e depois ele tinha convicções políticas e inclusive simplesmente humanas provavelmente. E se permitia uma gota d'água de tempos em tempos, açucarada provavelmente. Água, por piedade! Como pode ser que eu não tenha sede? Devo me embeber por dentro, nas minhas secreções. Sim, falemos um pouco de mim, isso me descansará de toda esta canalha. Que luz. Será um antegozo do paraíso? Minha cabeça. Está em chamas, cheia de óleo fervente. Do que vou partir enfim? De uma congestão cerebral? Seria o cúmulo. Como dor, juro, é quase insuportável. Enxaqueca incandescente. A morte deve me tomar por outro. É o coração o culpado, como no peito do rei dos fósforos, Schneider, Schroeder, não sei mais.[12] Aliás ele arde também, enrubesce, dele, de mim, deles, tem vergonha de tudo, exceto de bater aparentemente. Não é nada, nervosismo só isso. E quem sabe talvez seja o fôlego que me falte primeiro afinal. Depois, antes de cada confissão, e enquanto dura, que vertigem de murmúrios. A janela me diz madrugada, nuvens de chuva aos fiapos debandando. Divirtam-se bem. Longe desta sombra avermelhada. Sim, expiro mal, meu peito fica escancarado, o ar me sufoca, talvez ele esteja com uma leve deficiência de oxigênio. Macmann pigmeu embaixo dos grandes pinheiros negros gesticu-

12. Mais uma ironia de Malone, que se refere aqui, provavelmente, a Ivar Kreuger (1880-1932), o empresário e financista sueco, conhecido como "rei dos fósforos" (*match king*) por ter controlado mais de dois terços da produção mundial de fósforos. Suicidou-se num hotel em Paris, com um tiro no coração, quando não pôde mais encobrir suas fraudes financeiras. (N.T.)

lantes olha ao longe o mar revolto. Os outros também estão lá, ou na janela, como eu, mas em pé, devem ser caminhantes, devem ser, transportáveis pelo menos, não, como eu não, eles não podem nada por ninguém, agarrando-se aos álamos que tiritam ou à janela, à escuta. Mas faria melhor se acabasse comigo primeiro, na medida bem entendido do possível. A velocidade com que isso gira é perturbadora de fato, mas só irá provavelmente aumentar, eis o que é preciso observar. Lembrete, acrescentar ao questionário, Se por acaso você tiver um fósforo, faça a gentileza de tentar acendê-lo. Como pode ser que eu não tenha ouvido nada quando ele falou comigo e que tenha ouvido quando foi embora, assoviando? Talvez tenha somente fingido falar comigo, para tentar me fazer acreditar que eu tinha ficado surdo. Estou ouvindo alguma coisa neste momento? Vejamos. Não. Nem o vento, nem o mar, nem o papel, nem o ar que expulso com tanto trabalho. Mas esta inumerável tagarelice, como de uma multidão que murmura? Não entendo. Com minha mão distante conto as páginas que me restam. Vai dar. É a minha vida, este caderno, um caderno grande de criança, levei tempo para me resignar a ele. Entretanto não vou jogá-lo fora. Pois quero colocar nele os que chamei em meu auxílio, mas mal, de modo que não entenderam, a fim de que morram comigo. Descanso.

Usando por cima de sua camisola comprida uma grande capa listrada que lhe descia até os tornozelos, com o chapéu que Moll tinha lhe restituído, Macmann tomava ar em qualquer tempo, da manhã até a noite. E várias vezes foi preciso sair à sua procura, no escuro, com lanternas, para trazê-lo de volta à cela, pois tinha ficado surdo ao chamado do sino e aos gritos e ameaças de Lemuel primeiro, depois dos outros guardas. Então os guardas, com suas roupas brancas, munidos de bastões e de lanternas, se dispersavam para longe dos edifícios e batiam os matagais, os samambaiais e os pequenos bosques, chamando o fugitivo e ameaçando-o com as piores represálias se não se rendesse imediatamente. Mas acabaram percebendo que ele se escondia, quando se escondia, sempre no mesmo lugar e que tal ostentação de força não era necessária. Desde então era Lemuel que saía sozinho, em silêncio, como sempre que sabia o que tinha de fazer, direto para a moita onde Macmann cavara uma toca, toda vez que era necessário. Meu Deus. E com frequência ficavam lá um bom tempo juntos, no arbusto, antes de retornar, acocorados um contra o outro, pois o ninho era pequeno, sem dizer nada, ouvindo talvez os ruídos da noite, as corujas, o vento nas folhas, o mar quando estava bastante cheio para que se ouvisse sua voz, e depois os outros ruídos da noite, que não se sabe o que representam. E acontecia também que Macmann, cansado de não estar mais só, ia embora sozinho e voltava ao seu quarto e que Lemuel não se juntava a ele senão bem mais tarde. Era um verdadeiro parque inglês, embora longe da Inglaterra, mas chegando ao absurdo em termos de negligência, e tudo nele crescia com uma exuberância devoradora, as árvores travavam guerra entre si, os arbustos também, e as flores silvestres e as ervas daninhas, numa necessidade desenfreada de terra e de luz. Uma noite em que Macmann voltou com um galho arrancado de uma amoreira morta, com o qual queria fazer um bastão para apoiar seus passos, Lemuel o pegou e bateu nele longamente, não, assim não dá, Lemuel chamou um guarda de nome Pat, um verdadeiro brutamontes embora de aparência insignificante, e disse a ele, Pat, olhe para isso. Então Pat arrancou o galho das mãos de Macmann que, vendo o caminho que as coisas estavam tomando, o segurava com as duas mãos, e bateu nele até Lemuel lhe dizer para parar, e ainda depois. Tudo isso sem a menor explicação. De modo que um pouco mais tarde, Macmann, tendo trazido do seu passeio um jacinto que arrancara com o bulbo e as raízes na esperança de conservá-lo assim por um tempo um pouco mais longo do que se o tivesse simplesmente colhido, se viu ferozmente repreendido por Lemuel que lhe arrancou a bonita flor das mãos e ameaçou entregá-lo de novo a Jack, não, a Pat, Jack é outro. E todavia o fato de ter quase destruído o arbusto, uma espécie de loureiro, para poder se esconder, nunca tinha lhe causado a menor reprimenda. Nem é preciso se surpreender, não havia provas contra ele. Se o tivessem interrogado a esse respeito, claro, teria dito a verdade, acreditando não ter feito nada de mal. Mas deviam supor que só faria negar e mentir e que era consequentemente inútil pressioná-lo com perguntas. Aliás não interrogavam nunca, em São-João-de-Deus, mas ou bem castigavam pura e simplesmente, ou bem se abstinham, segundo considerações de uma lógica especial. Pois, pensando bem, com que direito uma flor na mão faz atribuir ao portador dela a culpa de tê-la colhido? Ou só o fato de segurá-la na mão às claras constitui delito suficiente, análogo à receptação? Neste caso não teria sido melhor informar franca e sinceramente os interessados e, ao fazer isso, fazer antes seguir que preceder a consciência da falta da falta cometida? A questão assim parece bem colocada, muito, muito bem. Graças à capa listrada de azul e branco como nos açougues nenhuma confusão era possível entre os Macmanns de um lado e os Lemuels, Jacks e Pats do outro. Os pássaros. Inúmeros e variados nas densas folhagens, eles viviam sem temor o ano todo, sem outro temor que o dos congêneres, e aqueles que no verão ou no inverno voavam rumo a outros céus retornavam no inverno ou no verão seguinte, grosseiramente falando. O ar se enchia de suas vozes, principalmente na aurora e no crepúsculo, e os que de manhã partiam em bandos, como os corvos ou os estorninhos, rumo a lavouras distantes, voltavam no entardecer todos alegres ao santuário, onde suas sentinelas os esperavam. Quando vinha tempestade eram numerosas as gaivotas que faziam escala aqui na fuga para o interior. Giravam longamente no ar maldoso gritando com raiva, depois pousavam na grama ou no teto dos edifícios, desconfiando das árvores. Mas tudo isso está fora de questão, como tantas coisas. Tudo é pretexto, Sapo e os pássaros, Moll, os camponeses, os que nas cidades se procuram e fogem uns dos outros, minhas dúvidas que não me interessam, minha situação, minhas posses, pretexto para não chegar ao ponto, ao abandono, levantando o dedo, pedindo tempo e indo embora, sem mais delongas, só com o inconveniente de ficar mal visto pelos coleguinhas. Sim, por mais que se diga, é difícil deixar tudo. Os olhos estragados por ofensas demoram-se vis sobre tudo pelo que tão longamente pediram, na última, na verdadeira prece enfim, aquela que não solicita nada. E é então que um arzinho de acolhimento reanima os votos mortos e que um murmúrio nasce no universo mudo, repreendendo-o afetuosamente por ter se desesperado tarde demais. Como viático não se pode fazer melhor. Vamos buscar outro meio. O ar puro

Vou apesar de tudo tentar continuar. O ar puro do planalto. Era um planalto de fato, Moll não tinha mentido, ou antes uma eminência entre duas encostas suaves. A propriedade de São João ocupava todo o topo e o vento soprava ali por assim dizer sem parar, fazendo as árvores mais robustas se vergarem e gemerem, arrancando os galhos, sacudindo as moitas, enfurecendo as samambaias, aplanando a grama e carregando folhas e flores inteiras, espero não ter esquecido nada. Bom. Um muro alto a cercava, mas só encobria a visão de quem estivesse nas proximidades. Como? Ora, graças evidentemente à intumescência do terreno, cujo cume, chamado a Pedra por causa da pedra que havia ali, dominava a planície, o mar, a montanha, a fumaça da cidade e os edifícios da instituição, maciços e vastos apesar da distância e onde a todo momento nasciam e desapareciam espécies de pequenos flocos que não eram na realidade nada além dos guardas que iam e vinham, misturados talvez, ia dizendo, com os prisioneiros, pois vista de certa distância a capa não tinha mais listras nem mesmo aparência de capa, de modo que se podia dizer apenas, passada a primeira surpresa, São homens e mulheres, pessoas digamos, sem especificar mais. Um rio que passava aqui e ali — mas trata-se realmente da natureza? Aliás, onde ele poderia ter sua origem, me pergunto. Debaixo da terra talvez. Em suma, um pequeno Éden para quem aprecia o gênero descomposto. Macmann se perguntava às vezes o que faltava para a sua felicidade. O direito ao ar livre em qualquer tempo da manhã até a caída da noite, uma vegetação que lhe parecia estender seus galhos para envolvê-lo e escondê-lo, casa e comida tais como eram garantidas e gratuitas, vistas soberbas de todos os lados sobre o inimigo de sempre, o mínimo de perseguições e punições, o canto dos pássaros, nenhum contato humano fora Lemuel que só pedia para vê-lo o menos possível, as faculdades da memória e da reflexão golpeadas pela caminhada incessante e o vento forte, Moll morta, o que lhe faltava desejar? Devo ser feliz, dizia a si mesmo, é menos alegre do que tinha imaginado. E ia cada vez mais para o lado do muro, sem todavia se aproximar demais pois era vigiado, procurando uma saída rumo à desolação de não ter ninguém nem nada, rumo à terra do pão escasso, dos abrigos escassos, dos apavorados, rumo à alegria negra de passar só e vazio, sem poder nada, sem querer nada, através do saber, da beleza, dos amores. O que ele exprimia dizendo, Tive bastante, pois ele era simples, sem se debruçar um só momento sobre aquilo de que tinha bastante, nem compará-lo àquilo de que tinha tido bastante antes de perdê-lo, e de que teria bastante de novo, quando o tivesse de novo, nem duvidar que aquilo cujo excesso se faz com frequência sentir, e que se honra com nomes tão diversos, não pode na verdade ser senão um. Mas outro se debruçava por ele e colocava friamente o sinal de igual ali onde era preciso colocá-lo, como se isso pudesse mudar alguma coisa. De modo que ele podia se contentar com essa ofegação bem simples e tola, Bastante, bastante, enquanto seguia lentamente, encoberto pela vegetação, o contorno do muro e procurando uma brecha por onde deslizar, na calada da noite, ou asperezas que lhe permitissem escalá-lo. Mas o muro era sólido e liso e coroado de cacos verdes em todo o seu perímetro. Mas vejamos um pouco o portão gradeado, bastante largo para deixar passar dois veículos grandes de uma vez e ladeado por duas casinhas encantadoras cobertas de vinha-virgem e ocupadas tanto uma como a outra por famílias numerosas, a julgar pelos enxames de pequenos inocentes que brincavam nas proximidades, perseguindo uns aos outros e soltando gritos agudos de alegria, raiva e dor. Mas o espaço cercava Macmann de todos os lados, estava preso ali como numa rede, com a infinidade de corpos a custo se movendo e se debatendo entre os quais, se quisermos, essas crianças, essas casas, esse portão, e os instantes escorriam como exsudados das coisas num grande escoamento confuso feito de ressumações e torrentes, e apertadas umas contra as outras as coisas tolhidas mudavam e morriam cada uma seguindo a sua solidão. Atrás do portão, na estrada, passavam formas que Macmann não conseguia identificar por causa das grades e depois por causa de tudo que tremia e se enfurecia às suas costas e a seu lados, por causa dos gritos, do céu, da terra intimando-o a cair e da sua longa vida cega. Um guarda saiu de uma das casas, avisado por telefone provavelmente, vestido de branco, uma longa coisa negra na mão, uma chave. As crianças se enfileiraram de um lado e do outro da alameda. De repente havia mulheres. Tudo se fixou e calou. Os pesados portões se abriram, repelindo o homem que recuou primeiro, depois deu meia-volta e retomou precipitadamente a soleira. A estrada apareceu, branca de poeira, bordeada de massas escuras, encoberta mal se descortinara por um céu estreito e cinza. Macmann deixou a árvore que o escondia e retomou a encosta, não correndo, pois só andava com dificuldade, mas o mais rápido que podia, curvado e mergulhando, com a ajuda de troncos e galhos que se ofereciam para fazê-lo avançar. Pouco a pouco a névoa se renovou, e o sentimento de ausência, e os cativos recomeçaram a murmurar cada um para si mesmo, e foi como se nada tivesse acontecido, nem nunca fosse acontecer.

Outros além de Macmann vagavam da manhã à noite, curvando-se sob a pesada capa, nas raras clareiras entre as árvores que escondiam o céu e nas altas samambaias onde pareciam nadadores. Só se aproximavam raramente uns dos outros, como determinava seu pequeno número, e a extensão do parque. Mas quando o acaso aproximava dois ou mais, de perto o bastante para que se dessem conta, então se apressavam a voltar atrás, ou sem ir tão longe a mudar simplesmente de direção, como se tivessem vergonha de se mostrar a seus semelhantes. Mas às vezes se roçavam sem parecer perceber, a cabeça enterrada no amplo capuz.

Macmann levava com ele e olhava de tempos em tempos a foto que Moll lhe dera, era mais um daguerreótipo talvez. Ela estava em pé ao lado de uma cadeira e segurava nas mãos suas longas tranças. Sobreviviam, atrás dela, traços de uma espécie de treliça onde trepavam flores, rosas sem dúvida, elas adoram trepar. Ao dar a Macmann essa lembrança, ela tinha dito, Tinha quatorze anos, me recordo bem do dia, um dia de verão, era o meu aniversário, depois me levaram ao teatro de marionetes. Macmann se lembrava dessas palavras. O que ele preferia desta imagem era a cadeira, cujo assento parecia ser de palha. Moll fechava os lábios com aplicação, a fim de esconder seus dentes grandes e salientes. As rosas também deviam ser bonitas, deviam perfumar o ar. Macmann rasgou essa foto por fim e jogou os pedaços no ar, num dia de vento forte. Dispersaram-se então, embora todos submetidos às mesmas condições, podia-se dizer com presteza.

Quando chovia, quando nevava.

Aos fatos. Numa manhã Lemuel, ao comparecer ao grande salão antes de começar seu turno, como determinava o regulamento, encontrou espetado no quadro um aviso a seu respeito. Grupo Lemuel, excursão às ilhas, se o tempo permitir, com Madame Pedal, saída às 13 horas. Seus colegas o olhavam, dando risadinhas e se acotovelando. Mas não ousavam lhe dizer nada. Uma mulher disse entretanto, Vão te levar de barco, o que desencadeou uma tempestade de risos tão forte que duplas se formaram espontaneamente, se abraçando, cambaleando, e cada um rindo por cima do ombro do parceiro. Lemuel não era querido, isso se via. Mas teria gostado de ser? Aí está tudo. Rubricou o aviso e foi embora. O sol estava apenas se levantando, com pena, e dando início ao que iria ser talvez, graças a ele, um belo dia de maio ou de abril, abril de preferência, é sem dúvida o fim de semana da Páscoa, passado por Jesus no inferno. E talvez seja em sua honra que Madame Pedal organizou, em benefício do grupo Lemuel, essa excursão às ilhas, que iria custar-lhe caro, mas era uma mulher abastada e que adorava fazer o bem e levar um pouco de alegria aos menos afortunados que ela, que tinha o juízo perfeito e a quem a vida havia sorrido, ou melhor, para empregar sua própria expressão, dado o seu sorriso, ao alargá-la, à maneira de um espelho convexo ou côncavo, não sei. Lemuel encarava o sol com desgosto, aproveitando a atmosfera terrestre que filtrava o brilho dos raios. Encontrava-se então no seu quarto, no quarto ou quinto andar, de onde em várias ocasiões poderia ter se jogado com toda a segurança pela janela se tivesse mais firmeza de caráter. O longo tapete de prata estava ali, terminando em ponta, tremendo através do mar calmo, de belo relevo. O quarto era pequeno e absolutamente vazio, pois Lemuel dormia direto no assoalho e também fazia nele suas refeições menores, ora num lugar ora noutro. Mas trata-se realmente de Lemuel e seu quarto? Madame Pedal não era a única a se interessar assim pelos protegidos de São-João ou joão-de-deuses como de brincadeira os chamavam localmente, não a única a lhes propiciar passeios a cada dois anos, por terra e por mar, por lugares renomados pela sua beleza ou grandeza e até mesmo divertimentos no próprio local tais como as sessões de prestidigitação e ventriloquia à luz da lua no terraço, mas era secundada por outras senhoras que partilhavam seu ponto de vista e riquezas na mesma medida de lazer e recursos. Mas trata-se realmente de Madame Pedal? Aos fatos. Lemuel se apresentou na ampla cozinha com dois baldes encaixados um no outro. Uma grande animação reinava ali. Seis sopas viagem, grunhiu. O quê? disse o cozinheiro. Seis sopas viagem! berrou Lemuel, atirando os baldes contra o fogão, sem todavia largar as alças, pois conservava sangue-frio suficiente para não querer ter que se curvar para apanhá-los de novo. Um grande silêncio se fez. Tá bem, tá bem, disse o cozinheiro. A diferença entre uma sopa viagem e uma sopa comum ou da casa consistia em que esta era inteiramente líquida enquanto aquela continha um pedaço de toucinho, isto a fim de manter as forças dos excursionistas até o retorno. O balde cheio Lemuel se retirou para um lugar afastado, levantou a manga até o cotovelo, retirou do fundo do balde um após o outro os seis pedaços de toucinho, o seu e os cinco outros, comeu-os até o couro e jogou de volta este, depois de lambê-lo, na sopa. Coisa curiosa, mas considerando tudo nem tanto, tinham servido a ele seis sopas viagem ou extra por única exigência sua, sem intimá-lo a justificá-las. Os quartos dos cinco eram distantes uns dos outros e dispostos de modo tão astucioso que Lemuel nunca tinha entendido como devia proceder a fim de visitá-los sucessivamente com o mínimo de cansaço e irritação. No primeiro um homem jovem, morto jovem, sentado numa velha cadeira de balanço, a camisola levantada e as mãos nas coxas, pareceria estar dormindo se seus olhos não estivessem arregalados. Ele nunca saía, a menos que fosse obrigado por uma ordem vinda de cima, e então era preciso acompanhá-lo para fazê-lo avançar. Seu penico estava vazio, enquanto que na sua tigela a sopa da véspera coagulara. O inverso teria sido menos surpreendente. Mas Lemuel estava acostumado a isso, a ponto inclusive de nem se perguntar de que esse personagem se alimentava. Esvaziou a tigela no seu balde vazio e com o seu balde cheio encheu-a de sopa fresca. Depois foi embora, um balde em cada mão, apesar de que, até o momento, uma só tivesse sido suficiente para carregar os dois. Fechou a porta à chave atrás de si, por excesso de precaução, por causa do passeio. O segundo quarto, a quatrocentos ou quinhentos passos do primeiro, continha um ser que não tinha nada de realmente impressionante além de sua altura, rigidez e seu ar de procurar algo, enquanto se perguntava o que isso poderia realmente ser. Nada nele indicava a idade que poderia ter nem se era maravilhosamente conservado ou ao contrário prematuramente enrugado. Chamavam-no o Inglês, embora estivesse longe de ser um, talvez porque se exprimisse em inglês de tempos em tempos. Sem tirar sua camisola tinha se embrulhado nos dois cobertores como em cueiros, e por cima desse casulo grosseiro vestira de novo a capa, que fechava friorentamente sobre si, com uma só mão, pois precisava da outra para ajudá-lo na inspeção de tudo o que lhe parecia suspeito. Seus pés pelo contrário estavam nus. Good-morning, good-morning, good-morning, disse, com forte sotaque estrangeiro, enquanto lançava a seu redor olhares perscrutadores, fucking awful business this, no, yes? Talvez tivesse medo de trair seu pensamento. Ímpetos bruscos logo reprimidos o afastavam insensivelmente do seu posto de observação privilegiado no meio do quarto. What! exclamou. Sua sopa, inspecionada sem dúvida gota a gota, foi transferida tal qual para o penico. Ansiosamente observou Lemuel fazer o necessário, esvaziar e encher. Dreamt all night of that bloody man Quin again, ele disse. Era um hábito seu sair de tempos em tempos. Mas ao fim de alguns passos, parava, cambaleando, voltava-se e entrava de novo apressado em seu quarto, transtornado com tanta opacidade.

No terceiro um homenzinho magro ia e vinha animadamente, sua capa dobrada no braço, um guarda-chuva na mão. Bela cabeleira, branca e sedosa. Fazia-se perguntas em voz baixa, refletia, respondia. A porta mal se abrira, tinha se precipitado para cruzá-la. Passava de fato seus dias a sulcar o parque em todas as direções. Sem depor seus baldes Lemuel mandou-o a rolar pelo chão com um golpe de ombro. Refeito da surpresa, sem se levantar, apertando contra si a capa e o guarda-chuva que não soltara, começou a chorar. No quarto, um enorme barbudo disforme cuja única ocupação, intermitente, era se coçar. Sentado de través sobre o travesseiro colocado no chão sob a janela, a cabeça inclinada, os olhos fechados, a boca aberta, as pernas afastadas, os joelhos levantados, apoiando-se com uma mão no assoalho enquanto a outra ia e vinha sob a camisola, esperava sua sopa. Sua tigela cheia de novo, parando de se coçar, estendeu a mão para Lemuel, na esperança cotidianamente frustrada de se poupar um deslocamento. Ainda adorava a sombra e o sigilo das samambaias, mas nunca ia até lá. O jovem, o Inglês, o magro e o barbudo então. Não sei se mudaram, não me lembro mais. Quanto aos outros, que me perdoem. No quinto Macmann, dormindo.

Algumas linhas para me lembrar de que eu também subsisto. Não vieram mais. Quanto tempo desde a minha visita? Não sei. Muito tempo. E eu. Inegavelmente morrendo, ponto, é tudo. Donde essa segurança? Tentar refletir. Não consigo. Sofrimento grandioso. Estou inchando. Se vou explodir? O teto se aproxima, se afasta, numa cadência, como quando eu era um feto. Também a destacar um grande barulho de água, fenômeno *mutatis mutandis* análogo talvez à miragem, no deserto. Janela. Não vou mais vê-la, encontrando-me com pesar na impossibilidade de virar a cabeça. Luz de novo saturnina, bem espessa, atravessada por redemoinhos, escavando-se em funis profundos de fundo claro, ou deveria dizer ar, luz aspiradora. Tudo está pronto. Exceto eu. Nasci na morte, se ouso dizer. Tal é a minha impressão. Estranha gestação. Os pés já saíram, da grande buceta da existência. Apresentação favorável, espero. Minha cabeça morrerá por último. Recolha suas mãos. Não consigo. A rasgante rasgada. Minha história suspensa viverei ainda. Descompasso que promete. Comigo é o fim. Eu não direi mais eu.

Com toda a sua gente, que depois de quase duas horas de esforços conseguira reunir por completo, Lemuel esperava no terraço a chegada de Madame Pedal. Tinha feito tudo sozinho, Pat recusando-se a lhe ajudar. Uma corda amarrava, pelo tornozelo, de um lado o jovem ao magro, do outro o Inglês ao barbudo, e Lemuel segurava Macmann pelo braço. Foi de fato Macmann, furioso por ter ficado trancado a manhã toda e sem compreender nada do que queriam dele, cuja resistência fora a mais viva. Tinha se recusado particularmente a sair sem o seu chapéu, com ânimo tão feroz que Lemuel, esgotado por tantos preparativos, acabara dizendo a ele que podia usá-lo com a condição de escondê-lo debaixo do capuz. Macmann nem por isso ficara menos agitado e rabugento, tentando soltar seu braço e repetindo, Me deixe!, Me largue! Ver-se objeto de disposições e precauções incompreensíveis, na companhia de outros miseráveis atados dois a dois pelo tornozelo, isso o deixava nervoso! O jovem, que o sol incomodava, tentava frouxamente se apossar do guarda-chuva do magro, dizendo, Pa'sol! Pa'sol! O magro lhe desferia tapas petulantes nas mãos e antebraços. Malvado! Gritava.

Socorro! O barbudo tinha jogado os braços em volta do pescoço do Inglês e se pendurava nele, as pernas bambas. O Inglês, titubeante, orgulhoso demais para desmoronar, exigia sem raiva explicações. Who is this shite anyway, dizia, any of you poor buggers happen to know. Um pouco de compostura, dizia de vez em quando distraidamente o diretor, ou seu delegado, também presente. Estavam sós no grande terraço. Será que ela teme uma mudança de tempo? disse o diretor. Acrescentou, virando-se para Lemuel, Estou lhe fazendo uma pergunta. O céu estava sem nuvens, o ar parado. Onde está o belo jovem com barba de Cristo? Mas nesse caso ela não teria telefonado? disse o diretor.

O breque. No assento Madame Pedal ao lado do cocheiro. Num dos bancos, dispostos paralelamente ao caminho, Lemuel, Macmann, o Inglês e o barbudo. Macmann também tem uma espécie de barba. E depois? No outro, de frente para esse, o magro, o jovem e dois colossos em trajes de marinheiro. Ao passarem o portão, as crianças aplaudiram. Uma descida brusca, longa e íngreme, fez a equipagem mergulhar lentamente rumo ao mar. Seguras pelas pinças dos freios as rodas mais brilhavam que rodavam e os cavalos, tropeçando, se empinavam contra a pressão. Madame Pedal se aferrava ao assento, o corpo jogado para trás. Era uma mulher alta, grande e gorda. Margaridas artificiais com discos de um amarelo brilhante brotavam de seu chapéu de palha de abas largas. Ao mesmo tempo atrás de um veuzinho de bolas grandes como pastilhas seu rosto vermelho e rechonchudo parecia pulular. Os passageiros, deixando-se ir com comum inércia à inclinação dos bancos, tinham desabado amontoados sob o assento. Vão lá para trás! disse Madame Pedal. Ninguém se mexeu. O que isso ia mudar? disse um dos marinheiros. Nada, disse o outro. É preciso fazê-los descer? disse Madame Pedal ao cocheiro. Na volta será, ele respondeu. Superada a descida enfim, Madame Pedal voltou-se afavelmente para seus convidados. Coragem, rapazes, disse, para mostrar que não era orgulhosa. Ao pegar velocidade, o breque avançava aos solavancos. O barbudo estava estendido entre os dois bancos, nas tábuas. É você o responsável? disse Madame Pedal. Um dos marinheiros se inclinou para Lemuel e disse, Mandaram perguntar se é você o responsável? Não enche, disse Lemuel. O Inglês soltou um urro no qual Madame Pedal, à espreita do menor sinal de animação, achou melhor ver uma manifestação de alegria. É isso! Cantem! exclamou. Aproveitem este lindo dia! Esqueçam suas preocupações durante algumas horas! E entoou:

Chegou a estação formosa
O sol brilha no horizonte
Tantos ninhos tanta rosa
Um sorriso em sua fronte
Salve bela primavera
Salve —

Ela se calou, desanimada. Mas o que é que eles têm? disse. O jovem, menos jovem que ainda há pouco, dobrado em dois, a cabeça embrulhada nas abas da capa, parecia estar vomitando. Suas pernas, magras e cambaias em excesso, batiam uma contra a outra na altura dos joelhos. O magrinho, tiritando, embora em princípio fosse o Inglês o tiritante, retomara seu diálogo. Parado e concentrado entre as vozes, refoçava as mesmas com gestos apaixonados, amplificados pelo guarda-chuva. E você?... Obrigado... E você?... Ora vejamos! É verdade... À direita?... Tentemos... Voltemos... Onde?... Está chovendo... Que nada... Voltemos... Onde?... À esquerda... Tentemos... Vocês sentem o cheiro do mar, meus filhos? disse Madame Pedal. Eu sinto. Macmann se arremessou para fora, em vão. Lemuel tirou uma machadinha de baixo da capa e se deu vários golpes no crânio, do lado mais grosso, por precaução. Passeio beleza, disse um dos marinheiros. Bacana, disse o outro. Sol céu azul. Ernest, distribua os pãezinhos, disse Madame Pedal.

A chalupa. O espaço, como no breque, para duas vezes mais gente, três vezes, quatro vezes, se apertando. Uma terra se afastava, outra se aproximava, ilhas grande e pequena. Só o barulho dos remos, das cavilhas, o mar azul contra a querena. Madame Pedal, sentada na popa, caiu em tristeza. Que beleza, murmurou. Só, incompreendida, boa, boa demais. Tirando a luva deixou correr pela água transparente a mão carregada de safiras. Quatro remos, nenhum leme, os remos conduzem. O que dizer dos meus? Nada. Estão ali, cada um como pode, como podem estar em qualquer lugar. Lemuel olha as montanhas alçarem-se por trás das flechas dos campanários, não são mais que

Não são mais que colinas. Elevam-se suavemente, azuladas, para fora da confusa planície. Foi ali em algum lugar que ele nasceu, numa bela casa, de bons pais. Lá em cima tem a urze e o tojo, com flores quentes douradas, que também chamam de giesta. Os martelos dos extratores de granito fazem um barulho de sinetas, desde a manhã até a noite.

A ilha. Mais um esforço. É pequena, comida por calhetas do lado do mar aberto. Seria possível viver ali, faria bem talvez viver ali, se a vida fosse algo possível, mas ninguém vive ali. A água profunda chega até seus lugares mais secretos, entre dois paredões rochosos. Um dia não haverá nada mais que duas ilhas, separadas por um abismo, estreito primeiro, depois cada vez mais largo à medida que se desfiam os séculos, duas ilhas, duas rochas, dois recifes.

Fica difícil nessas condições falar de homens. Venha, Ernest, disse Madame Pedal, vamos procurar um lugar para o piquenique. E você, Maurice, acrescentou, fique perto do barco. Ela chamava isso de barco. O magro tinha vontade de correr por toda a ilha, mas o jovem tinha se deitado na sombra de um rochedo, e isso o fazia assemelhar-se, menos altivo, a Sordello, que parecia um leão em repouso, e se agarrava a isso. Pobrezinhos, disse Madame Pedal, soltem-nos. Como Maurice se dispunha a obedecer, Lemuel disse, Deixe. O barbudo recusara-se a sair da chalupa, o que obrigara o Inglês a ficar lá também. Macmann também não estava livre, pois Lemuel o segurava pela cintura e o apertava contra si com um gesto quase afetuoso. Enfim é você o responsável, disse Madame Pedal. Ela se afastou com Ernest. De repente voltou-se e disse, Vocês sabem que há vestígios

druidas na ilha? Seus olhos iam de um a outro. Quando tivermos nos recuperado, ela disse, vamos procurá-los, não? Ela retomou o caminho, seguida por Ernest carregando a cesta no braço. Quando desapareceram, Lemuel soltou Macmann, se aproximou por trás de Maurice que, sentado numa pedra, estava enchendo seu cachimbo, e o matou a golpes de machado, ou melhor, de machadinha. Está indo, está indo. O jovem e o barbudo nem se mexeram. O magro fez um gesto curioso, quebrou o guarda-chuva contra o rochedo. Macmann tentou de novo se salvar, mas de novo em vão. O Inglês gritou, inclinando-se para a frente e batendo nas coxas, Nice work, sir, nice work! Um pouco mais tarde Ernest voltou para buscá-los. Indo ao seu encontro Lemuel o matou por sua vez, da mesma maneira que ao outro. Foi apenas um pouco mais demorado. Dois homens decentes, pacíficos, inofensivos, cunhados inclusive, brutos como há bilhões. A enorme cabeça de Macmann. Ele pôs o chapéu. O sol descia na direção das montanhas.

A voz de Madame Pedal, chamando, fez-se ouvir. Ela apareceu, alegre. Venham, venham todos, gritou, está tudo pronto. Mas à vista dos marinheiros falecidos, ela desmaiou, o que a fez cair. Smash her! berrou o Inglês. Ela tinha levantado o veuzinho e segurava na mão um sanduíche. Deve ter quebrado alguma coisa ao cair, o quadril talvez, as velhas senhoras deslocam os quadris com facilidade, pois assim que voltou a si começou a gemer, como se na face da terra ela somente fosse digna de piedade. Quando o sol desapareceu, por trás da montanha, e as luzes do porto se puseram a piscar, então Lemuel fez Macman e os outros dois subirem na barca, ele mesmo subiu e se afastaram da praia, todos seis.

Glu-glus de despejo.

Este emaranhado de corpos cinzentos são eles. Não são mais, na noite, que um só amontoado, silencioso, a custo visível, agarrando-se talvez uns aos outros, as cabeças cegas dentro das capas. Estão longe da baía, Lemuel não rema mais, os remos se arrastam na água. A noite está semeada de absurdas

absurdas luzes, as estrelas, os faróis, as boias, as luzes da terra, e na montanha as fogueiras débeis da giesta que queima. Macmann, meu último, minhas posses, não me esqueço, ele também está lá, talvez durma. Lemuel

Lemuel é o responsável, ele ergue seu machado, onde o sangue não vai secar nunca, mas não é para bater em ninguém, não baterá mais em ninguém, não tocará nunca mais ninguém, nem com ele nem com ele nem com nem com nem

nem com ele nem com seu martelo nem com seu bastão nem com seu bastão nem com seu punho nem com seu bastão nem com nem em pensamento nem em sonho quero dizer nunca ele não tocará nunca

nem com seu lápis nem com seu bastão nem

nem luzes luzes quero dizer

nunca aí está nunca tocará nunca

ele não tocará nunca

aí nunca

aí está aí

nunca mais

CRONOLOGIA

1906. Em 13 de abril, nasce em Cooldrinagh, casa da família situada em Foxrock, subúrbio ao sul de Dublin; é o segundo filho de William (um fiscal de pesos e medidas) e Mary "May" Beckett (matriarca dedicada a obras de caridade), ambos protestantes abastados.

1920. Aluno interno da Portora Royal School, tradicional colégio por onde passou Oscar Wilde. Destaca-se como atleta, no críquete e no rúgbi, e nos estudos, especialmente interessado pelo francês.

1923. Matricula-se no Trinity College, dedicando-se às línguas modernas (italiano e francês); tem como preceptor o futuro coeditor das obras do filósofo idealista Berkeley. Outro professor, Thomas Rudmose-Brown, amigo de Valéry Larbaud e Léon Paul-Fargue, apresenta-lhe a produção contemporânea francesa. Nos intervalos das leituras de Dante, frequenta o Abbey Theatre do pós-guerra civil irlandês, acompanhando a ascensão do dramaturgo Sean O'Casey.

1926-27. Na tradição europeia, viagem de verão à França (Tours), percorrendo, de bicicleta (presença constante em seus livros), o Vale do Loire; no ano seguinte, férias na Itália (Florença e Veneza). Submete-se aos exames finais, graduando-se como o primeiro da turma.

1928. Por dois trimestres, dá aulas de francês e inglês no Campbell College, Belfast, Irlanda do Norte. Primeira visita à Alemanha, onde fica com a prima, Peggy Sinclair, e sua família em Kassel. A partir de outubro, assume o cargo de leitor na École Normale Superieure, em Paris, onde permanecerá por dois anos. Aproxima-se de James Joyce e seu círculo.

1929. Sai "Dante... Bruno. Vico... Joyce", seu primeiro ensaio crítico, na obra coletiva em torno do *Work in Progress*, o futuro *Finnegans Wake*, de Joyce. Tem um conto, "Assumption", editado na revista de Eugène Jolas, *Transition*.

1930. Compõe "Whoroscope", poema dramático em primeira pessoa que junta uma reflexão sobre o tempo a passagens da vida de René Descartes, o protagonista; foi premiado em concurso e editado pela Hours Press. Leitura de filósofos (Schopenhauer, Kant e Arnold Geulincx), mas também de Proust. Em setembro, volta a Dublin, convidado a ensinar francês no Trinity College. Fica amigo do pintor Jack. B. Yeats, irmão mais velho do poeta W. B. Yeats (muitos dos amigos mais próximos de Beckett foram artistas plásticos).

1931. Primeira experiência dramática, atuando em *The Kid*, paródia do *Cid*, de Corneille, escrita em colaboração e encenada no Trinity College. Conclui *Proust*, ensaio sobre *Em busca do tempo perdido*, publicado pela editora Chatto and Windus, em que antecipa temas essenciais da obra beckettiana (a ação do tempo, da memória e do hábito sobre a identidade e a natureza da linguagem). Passa o Natal na Alemanha, com os Sinclair, de onde, por carta, pede demissão da universidade, alegando não poder ensinar aos outros aquilo de que não tinha certeza de saber.

1932. Instala-se em Paris, onde passa a viver de artigos literários e traduções esporádicas (entre as quais, "Le bateau ivre", de

Arthur Rimbaud, além de poemas de Paul Éluard e André Breton). Dedica-se a *Dream of fair to middling women*, espécie de retrato do artista quando jovem que tenta, sem sucesso, editar. Publica, no entanto, o conto "Dante and the lobster" na revista parisiense *This quarter*. Em meio a uma onda de xenofobismo e problemas para acertar seus documentos de permanência, volta à Irlanda.

1933. Em maio, morre sua prima Peggy (personagem de *Dream*...) e, em junho, o pai. Abalado pelas perdas, muda-se para Londres, onde vive modestamente com o que recebe de herança.

1934. Publica *More pricks than kicks* (Chatto and Windus), volume de contos protagonizados por Bellacqua, estudante dublinense como o autor batizado em homenagem à personagem condenada ao Ante-Purgatório, na *Divina Comédia*, de Dante. Também escreve poemas, depois reunidos no volume *Echo's bones and other precipitates* (1935). Começa uma temporada de análise com o psicanalista Wilfred R. Bion.

1935. Dedica-se à composição de *Murphy*, movimentado romance de perseguição a um protagonista evasivo, com toques de picaresco e linguagem colorida e alusiva, passado em Londres. Impressiona-se com as conferências de C. G. Jung na Tavistock Clinic (especialmente com o relato de uma paciente cuja dor decorreria de nunca ter efetivamente "nascido").

1936. Pouco à vontade em Londres, faz nova viagem à Alemanha (Hamburgo, Magdeburgo, Dresden, Berlim, Nuremberg), onde, em meio às visitas a museus e a galerias de arte, experimenta o terror da ascensão nazista. Conclui o datiloscrito de *Murphy*.

1937. Retorna a Paris. Aproxima-se de novos artistas plásticos, entre os quais os irmãos Bram e Geer Van Velde, Alberto Giacometti e Marcel Duchamp. Primeiros poemas em francês. Caso de amor passageiro com Peggy Guggenheim, milionária e colecionadora de arte americana que o apelida Oblomov, como o personagem-título do romance de Gonchárov, refratário à ação.

1938. Na vizinhança de seu apartamento parisiense, em Montparnasse, é esfaqueado por um mendigo que, perguntado na prisão sobre o motivo, responde não saber. Convalescente, conhece a pianista Suzanne Descheveaux-Dumesnil, sua futura companheira até a morte. Depois de muitas recusas, *Murphy* é publicado em Londres. Em colaboração com Alfred Péron, trabalha na tradução francesa do livro, além de escrever poemas diretamente em francês.

1939. A declaração alemã de guerra à França surpreende-o na Irlanda, em visita à mãe; mesmo assim, volta a Paris. Publicação do *Finnegans Wake* e declaração de guerra da Inglaterra à Alemanha.

1940. França ocupada. Encontra Joyce pela última vez em Vichy. Adere à rede da Resistência Francesa, servindo como correio, intérprete e secretário.

1941. Morte de James Joyce, em Zurique.

1942. Escapa por um triz da Gestapo, que captura e deporta o amigo Perón, morto mais tarde num campo de concentração. Acompanhado da mulher, deixa Paris e refugia-se, clandestino, no sul não-ocupado da França.

1942. Em Roussilon, trabalha colhendo uvas para os produtores locais, mantendo-se ligado ao grupo da resistência local. Aproxima-se do pintor Henri Hayden, refugiado na mesma região, e dedica-se à escrita de *Watt*, romance que o ajuda a vencer a monotonia sobressaltada da espera.

1945. Liberação de Paris. De volta à cidade, serve à Cruz Vermelha irlandesa, trabalhando como motorista, encarregado de almoxarifado e intérprete em Saint-Lô, na Normandia. Nos *Cahiers d'Art*, publica o ensaio "La peinture des Van Velde ou le monde et le pantalon" ("A pintura dos Van Velde ou o mundo e as calças").

1946. Trabalha em *Mercier et Camier*, seu primeiro romance em francês, cujos diálogos antecipam as falas de Vladimir e Estragon, em *Esperando Godot*. Dedica-se à composição das "Novelas" ("O expulso", "O calmante" e "O fim", além de "Primeiro amor"), ensaio inicial da voz em primeira pessoa do anti-herói marginal, reflexivo e despossuído característico de sua prosa madura.

1947. Começa sua primeira peça em francês, *Eleuthéria*, inédita até sua morte, além dos romances *Molloy* e *Malone morre*, em que os vagabundos beckettianos típicos, narradores cômicos e inquietantes a um só tempo, solitários e submetidos a crises de corpo e espírito, saltam ao primeiro plano.

1948. Escreve *Esperando Godot*, peça em que Vladimir e Estragon, perdidos numa terra de ninguém, presos nas armadilhas da repetição, ocupam-se matando o tempo, nos trilhos de diálogos e rotinas esvaziadas.

1949. Trabalha no terceiro romance da sua primeira trilogia, *O inominável*, narrativa que leva ao extremo os avanços por impasses que caracterizam seu estilo do pós-guerra. Vive de traduções para a revista *Transition*, em nova fase, dirigida por um amigo holandês, interlocutor de suas reflexões sobre pintores contemporâneos (Tal Coat, André Masson e Bram van Velde), publicadas como os "Três diálogos com Georges Duthuit".

1950. Morre sua mãe, Mary. Além das traduções (uma coletânea de poesia mexicana contemporânea e "Zone", de Guillaume Apollinaire), dedica-se a treze fragmentos em prosa que define como "impossível", os *Textos para nada*, ensaio de recomeço após a implosão de modelos narrativos levada a cabo na trilogia. Tristan Tzara e o ator e diretor Roger Blin passam a incluir-se entre os entusiastas de *Esperando Godot*, ainda inédita.

1951. Depois de seguidas rejeições, *Molloy* e *Malone morre* são publicados por Jérôme Lindon, das Éditions de Minuit.

1952. Publicação de *Esperando Godot*.

1953. Sob a direção de Roger Blin, *Esperando Godot* estreia no pequeno Théâtre de Babylone, em Montparnasse, administrado por J.-M. Serreau. *Watt* é publicado em Paris pela Olympia Press. Inaugurando um esforço sistemático de autotradução de suas obras, traduz *Esperando Godot* (e os demais textos concebidos em francês) para o inglês.

1954. Morte de Frank, seu irmão mais velho. Começa a redigir um diálogo dramático que será o embrião de *Fim de partida*.

1955. *Molloy*, em inglês, sai pela Olympia Press, em Paris. Estreia a produção londrina de *Esperando Godot*, no Arts Theatre Club, dirigida por Peter Hall, e *Novelas e Textos para nada* (*Nouvelles et Textes pour rien*) são publicados em volume único pelas Éditions de Minuit.

1956. Com a direção de Alain Schneider, *Esperando Godot* inaugura o Cocunut Grove Playhouse, em Miami; a peça é publicada em inglês, pela Faber and Faber. Conclui versão em ato único de *Fim de partida*, o *Ato sem palavras* e *Todos os que caem*, peça radiofônica veiculada no ano seguinte pela BBC.

1957. Traduz *Fim de partida* para o inglês. Estreia mundial no Royal Court Theatre, em Londres, encenada em francês, sob a direção de Roger Blin. Descrita pelo autor como "mais difícil", elíptica" e "desumana" que *Godot*, a peça expõe as torturas mútuas entre dois pares de personagens decrépitos ou mutilados — o tirano Hamm e seu criado Clov; o casal de velhos entocados em latões de lixo, Nagg e Nell —, sobrevivendo, isolados, num abrigo nada acolhedor.

1958. Escreve a peça *Krapp's last tape* (*A última gravação de Krapp*), reflexão sobre o tempo, a memória e o hábito, que se arma a partir de diálogos entre um ator e registros de sua voz em gravadores de rolo. Estreia em Londres. Começa o romance *Como é*.

1959. Escreve *Cinzas*, peça radiofônica que vai ao ar em outubro pela BBC, e *Ato sem palavras II*.

1960. Muda-se para o apartamento do Boulevard St. Jacques, em Montparnasse, onde viverá até a morte. Estreia francesa de *La dernière bande* (*A última gravação de Krapp*).

1961. Escreve a peça *Dias felizes* e divide com Jorge Luis Borges o Prix International des Éditeurs. Escreve uma peça radiofônica em francês, *Cascando*. Estreia na Alemanha a ópera de Marcel Mihalovici baseada em *A última gravação de Krapp*.

1962. Compõe *Palavras e música*, peça radiofônica com música original de John Beckett, depois retomada em peça musical do compositor americano Morton Feldman. Elabora a versão inglesa de *Como é*.

1963. Conclui o roteiro de *Film*, curta-metragem protagonizado por Buster Keaton, que codirigiu com Alain Schneider, em Nova York, no ano seguinte, premiado com a Palma de Ouro para os médias-metragens em Cannes. Escreve a peça *Play* e participa ativamente da montagem alemã da peça. *Dias felizes* estreia em Paris, no Odéon, com Madeleine Renaud.

1965. Escreve *Imagination morte imaginez* e *Assez*, dois textos em prosa que indicam a tendência da prosa final, breve, condensada e complexa. *Eh Joe*, peça televisiva, vai ao ar pela BBC2 no ano seguinte. Começa a escrever *O despovoador*, narrativa distópica sobre uma comunidade de seres residualmente humanos, aprisionados num espaço fechado, em busca de uma improvável saída.

1966. Traduz os *Textos para nada* para o inglês e colabora na tradução de *Watt* para o francês.

1967. Publicação de *No's Knife*, coletânea de textos curtos em inglês, e *Têtes-mortes*, volume análogo em francês.

1968. Dirige *Endspiel* (*Fim de partida*), no Schiller Theater de Berlim.

1969. Escreve *Sans*, que traduz em seguida para o inglês como *Lessness*. Durante férias na Tunísia, recebe a notícia de que ganhou o Prêmio Nobel de Literatura. No Brasil, *Esperando Godot* é encenado por Cacilda Becker e Walmor Chagas, dirigidos por Flávio Rangel, em temporada interrompida pela morte da atriz.

1970. Autoriza a primeira publicação de *Mercier et Camier* e *Primeiro amor*, ambos escritos em 1946.

1971. Dirige *Gluckliche Tage* (*Dias felizes*) no Schiller Theater de Berlim. Beckett atuou como diretor também em Londres, Stuttgart e Paris.

1972. Escreve em inglês a peça *Eu não*. Traduz *Primeiro amor* para o inglês.

1973. Traduz *Eu não* para o francês e *Mercier et Camier* para o inglês.

1974. Escreve a peça *That time*.

1975. Dirige *Esperando Godot* no Schiller Theater de Berlim. Começa a miniatura dramática *Footfalls*. Dirige *Eu não* em Paris. Escreve *Pour finir encore*. Escreve *Ghost Trio*, peça televisiva inspirada na peça musical de Beethoven.

1976. Escreve a peça televisiva ... *but the clouds*.... Estreia londrina de *That time*, com Patrick Magee (para quem foi escrita), e *Footfalls*, com Billie Whitelaw (*idem*), no Royal Court Theatre.

1977. Começa a escrever *Companhia*, primeiro dos volumes de sua segunda trilogia em prosa, apoiado não mais na primeira pessoa,. mas na "última pessoa narrativa", voz cindida e dramatizada no texto nas disputas entre um falante e um ouvinte que dá forma a resíduos da experiência pessoal (as caminhadas com o pai, por exemplo).

1978. Dirige *Spiel* (*Comédia*), no Schiller Theater de Berlim.

1980. Começa a escrever o romance *Mal visto mal dito*, narrativa em torno da presença fantasmática de uma velha, corroída pelo luto e às portas da morte, e das condições de sua observação e tradução ficcional em linguagem.

1981. Escreve e traduz as peças *Cadeira de balanço* e *Improviso de Ohio*, esta última encomendada por Stanley Gontarski, um estudioso americano, para ser apresentada em colóquio em sua homenagem. Escreve o volume final da sua segunda trilogia, *Worstward ho* (*Pioravante marche*).

1982. Escreve e traduz *Catastrophe*. Publica *A piece of monologue* (*Solo*), escrita para o ator irlandês David Warrilow. Escreve *Nacht und Träume* (título original em alemão: *Noites e sonhos*) para a televisão, comissionado pela emissora alemã Suddeutsche Rundfunk (Stuttgart).

1989. Em julho, morre sua mulher, Suzanne. Em 22 de dezembro, morre Samuel Beckett.

BIBLIOGRAFIA

Obra publicada de Samuel Beckett

Ficção

More pricks than kicks. Londres: Chatto and Windus, 1934.

Murphy. Londres: Routledge and Sons, 1938. [*Murphy*. Trad. Fábio de Souza Andrade. São Paulo, Cosac Naify, 2013.]

Molloy. Paris: Éditions de Minuit, 1951. *Molloy*. Trad. Patrick Bowles, em colaboração com Samuel Beckett. Paris: Olympia Press, 1955. [*Molloy*. Trad. Ana Helena Souza. São Paulo: Globo, 2007.]

Malone meurt. Paris: Éditions de Minuit, 1951. Malone dies. Nova York: Grove Press, 1956. [*Malone morre*. Trad. Ana Helena Souza. São Paulo: Biblioteca Azul, 2014.]

L'Innnommable. Paris: Éditions de Minuit, 1953. *The unnamable*. Nova York: Grove Press, 1958. [*O inominável*. Trad. Waltensir Dutra. Rio de Janeiro: Nova Fronteira, 1989.]

Watt. Paris: Olympia Press, 1953. *Watt*. Trad. Ludovic e Agnes Janvier, em colaboração com o autor. Paris: Éditions de Minuit, 1968.

Nouvelles et textes pour rien. Paris: Éditions de Minuit, 1955. *Stories and texts for nothing*, em *No's knife*. Londres: Calder, 1967. [*Novelas*. Trad. Eloísa Araújo. São Paulo: Martins Fontes, 2006.]

From an abandoned work, em *Trinity News*, vol. III, n. 4, 1956, depois em *No's knife*, op. cit. *D'un ouvrage abandonné*. Paris: Éditions de Minuit, 1967.

Comment c'est. Paris: Éditions de Minuit, 1961. *How it is*. Nova York: Grove Press, 1964. [*Como é*. Trad. Ana Helena Souza. São Paulo: Iluminuras, 2003.]

Imagination morte imaginez, em *Les Lettres Modernes*, Paris, out.-nov. 1965, depois em *Têtes mortes*. Paris: Éditions de Minuit, 1967. *Imagination dead imagine*. *Evergreen Review*, Londres, fev. 1966, depois em *No's knife*, op. cit.

Assez. Paris: Éditions de Minuit, 1966, depois em *Têtes mortes*, op. cit. *Enough*, 1967, em *No's knife*, op. cit.

Bing. Paris: Éditions de Minuit, 1966, depois em *Têtes mortes*, op. cit. *Ping*, 1967, em *No's knife*, op. cit. [*Ping*. Trad. Haroldo de Campos e Maria H. Kopschitz, em M. Mutran (org.). *Guirlanda de histórias: uma antologia do conto irlandês*. São Paulo: ABEI/Olavobrás, 1996.]

Têtes mortes. Paris: Éditions de Minuit, 1967.

No's knife. Londres: Calder, 1967.

Sans. Paris: Éditions de Minuit, 1969. *Lessness*. Londres: Calder, 1970.

Mercier et Camier. Paris: Éditions de Minuit, 1970. *Mercier et Camier*. Londres: Calder, 1974.

Le dépeupleur. Paris: Éditions de Minuit, 1970. *The lost ones*. Londres: Calder, 1974 ["O despovoador", em *O despovoador; Mal visto mal dito*. Trad. Eloisa Araújo Ribeiro. São Paulo: Martins Fontes, 2008.]

Prémier amour. Paris: Éditions de Minuit, 1970. *First love*. Londres: Calder, 1974. [*Primeiro amor*. Trad. Célia Euvaldo. São Paulo: Cosac Naify, 2003.]

Still. Londres: Calder, 1975, depois em *For to end yet again and other fizzles*. Londres: Calder, 1976. *Immobile*. Paris: Éditions de Minuit, 1976.

Pour finir encore et autres foirades. Paris: Éditions de Minuit, 1976. *For to end yet again and other fizzles*. Londres: Calder, 1976.

All strange away. Nova York: Gotham Book Mart, 1976.

Company. Londres: Calder, 1979. *Compagnie*. Paris: Éditions de Minuit, 1980. ["Companhia", em *Companhia e outros textos*. Trad. Ana Helena Souza. São Paulo: Biblioteca Azul, 2012.]

Mal vu mal dit. Paris: Éditions de Minuit, 1981. *Ill seen ill said*. Londres: Calder, 1982. ["Mal visto mal dito" em *O despovoador; Mal visto mal dito*. Trad. Eloisa Araújo Ribeiro. São Paulo: Martins Fontes, 2008.]

Worstward ho. Londres: Calder, 1983.["Pra frente o pior", em *Companhia e outros textos*. Trad. Ana Helena Souza. São Paulo: Biblioteca Azul, 2012.]

Collected shorter prose 1945-1980. Londres: Calder, 1988.

Nohow on: Company, Ill seen ill said, Worstward ho. Londres: Calder, 1989.

Stirrings still. Londres: Calder, 1988. *Soubresauts*. Paris: Éditions de Minuit, 1989. ["Sobressaltos" , em *Companhia e outros textos*. Trad. Ana Helena Souza. São Paulo: Biblioteca Azul, 2012.]

Comment dire. Paris: Éditions de Minuit, 1989.

As the story was told: uncollected and late prose. Londres: Calder, 1990.

Dream of fair to middling women (edição póstuma). Nova York/Londres: Arcade Publishing/Riverrun Press/Calder, 1992.

Samuel Beckett: the complete short prose, 1929-1989. Ed. S. E. Gontarski. Nova York: Grove Press, 1995.

The Grove Centenary Editions of Samuel Beckett: Novels (I), *Novels* (II), *The Poems, Short Fiction and Criticism* (IV). Ed. Paul Auster, com prefácios de Colm Tóibín, Salman Rushdie e J. M. Coetzee. Nova York: Grove Press, 2006.

Teatro, rádio e televisão

En attendant Godot. Paris: Éditions de Minuit, 1952. *Waiting for Godot*. Nova York: Grove Press, 1954. [*Esperando Godot*. Trad. Fábio de Souza Andrade. São Paulo: Cosac Naify, 2005.]

All that fall. Nova York: Grove Press, 1957. *Tous ceux qui tombent*. Paris: Éditions de Minuit, 1957.

Fin de partie, suivi de acte sans paroles. Paris: Éditions de Minuit, 1957. *Endgame: a play in one act, followed by act without words: a mime of one player*. Londres: Faber and Faber, 1957. [*Fim de partida*. Trad. Fábio de Souza Andrade. São Paulo: Cosac Naify, 2002.]

Krapp's last tape and Embers. Londres: Faber and Faber, 1959. *La dernière bande, suivi de Cendres*. Paris: Éditions de Minuit, 1959.

Happy days. Londres: Faber andr Faber, 1962. *Oh les beaux jours*. Paris: Éditions de Minuit, 1963. [*Dias felizes*. Trad. Fábio de Souza Andrade. São Paulo, Cosac Naify, 2010.]

Acte sans paroles II, primeiro em *Dramatische Dichtungen*, Band I. Frankfurt: Suhrkamp Verlag, 1963, depois em *Comédie et actes divers*. Paris: Éditions de Minuit, 1966. *Act without words II*, em *Eh Joe and other writings*. Londres: Faber and Faber, 1967.

Cascando, em *Dramatische Dichtungen*, Band I. Frankfurt: Suhrkamp Verlag, 1963, depois em *Comédie et actes divers*. Paris: Éditions de Minuit, 1966.

Words and music, em *Evergreen Review*, vol. VI, 1962, depois em *Play and two short pieces for radio*. Londres: Faber and Faber, 1964.

Play, em *Play and two short pieces for radio*. Londres: Faber and Faber, 1964. *Comédie*, em *Comédie et actes divers*. Paris: Éditions de Minuit, 1966.

Come and go. Londres: Calder, 1967. *Va-et-vient*. Paris: Éditions de Minuit, 1966.

Eh Joe, em *Eh Joe and other writings*. Londres: Faber and Faber, 1967. *Dis Joe*, em *Revue Arts*, n. 15, jan. 1966, depois em *Comédie et actes divers*, op. cit.

Film, em *Eh Joe and other writings*. Londres: Faber and Faber, 1967.

Breath, em *Gambit*, vol. 4, n. 16, 1970, depois em *Breath and other short plays*. Londres: Faber and Faber, 1972. *Souffle*, em *Cahiers du Chemin*, Paris, n. 12, depois em *Comédie et actes divers*, op. cit.

Not I. Londres: Faber and Faber, 1973. *Pas moi*, em *Revue Minuit*, Paris, n. 12, 1975, depois em *Oh les beaux jours, suivi de Pas moi*. Paris: Éditions de Minuit, 1976. [*Eu não*. Trad. Rubens Rusche e Luiz Benati. São Paulo: Olavobrás, 1988.]
That time. Nova York: Grove Press, 1974. *Cette fois*. Paris: Éditions de Minuit, 1978.
Footfalls. Londres: Faber and Faber, 1975. *Pas*. Paris: Éditions de Minuit, 1978.
Ends and odds. Londres: Faber and Faber, 1977, incluindo *Not I* (1973), *That time* (1974), *Footfalls* (1975), *Ghost Trio* (1976), "*... but the clouds...*" (1976), *Rough for theatre I /II, Rough for radio I/II* (1960).
A piece of monologue, 1980, em *Rockaby and other short pieces*. Nova York: Grove Press, 1981. *Solo*, em *Catastrophe et autres dramaticules*. Paris: Éditions de Minuit, 1982.
Rockaby, 1981, em *Rockaby and other short piece*, op. cit. *Berceuse*, 1981, em *Catastrophe et autres dramaticules*, op. cit.
Ohio impromptu, 1981, em *Rockaby and other short piece*, op. cit. *L'Impromptu d'Ohio*, 1981, em *Catastrophe et autres dramaticules*, op. cit. [*Improviso de Ohio*. Trad. Leila Perrone-Moisés, caderno Mais!, *Folha de S.Paulo*, 8.9.1996.]
Catastrophe, 1982, em *Catastrophe et autres dramaticules*, op. cit. *Catastrophe*, 1982, Londres: Faber and Faber, 1984.
Quad, 1982, em *Collected shorter plays*. Londres: Faber and Faber, 1984. *Quad*, em *Quad et autres pieces pour la television (Trio du fantôme..., que nuages..., Nacht und Träume), suivi de L'Épuisé, par Gilles Deleuze*. Paris: Éditions de Minuit, 1992.
What where, 1983, em *Ohio impromptu, Catastrophe, What where*. Nova York: Grove Press, 1983. Reedição em *Collected shorter plays*, op. cit. *Quoi où*. Paris: Éditions de Minuit, 1985.
Nacht und Träume, 1984, em *Collected shorter plays*, op. cit.
Eleuthéria (edição póstuma). Paris: Éditions de Minuit, 1995.
The Grove Centenary Editions of Samuel Beckett: The Dramatic Works (III). Ed. Paul Auster, com prefácio de Edward Albee. Nova York: Grove Press, 2006.

Ensaios e poemas

"Dante... Bruno. Vico... Joyce", em *Our exagmination round his factification for incamination of work in progress*. Paris: Shakespeare and Co., 1929. Reedição em *Disjecta. Miscellaneous writings and a dramatic fragment*. Ed. Ruby Cohn. Londres: Calder, 1983. [Em Arthur Nestrovski, *Riverrun. Ensaios sobre James Joyce*. Trad. Lya Luft. Rio de Janeiro: Imago, 1992.]
Whoroscope. Paris: The Hours Press, 1930. Reedição em *Collected poems in English and French*. Londres: Calder, 1977.

Proust. Londres: Chatto and Windus, 1934. [*Proust*. Trad. Arthur Nestrovski. São Paulo: Cosac Naify, 2003.]

Echo's bones and other precipitates. Paris: Europa Press, 1935. Reedição em *Collected poems in English and French*, op. cit.

Peintre de l'empêchement, em *Dans le miroir*, Paris, Galerie Maeght, jun. 1947. Reedição em *Disjecta*, ver a seguir.

Three dialogues with G. Duthuit, em *Transition*, n. 5, dez. 1949. Reedição em *Disjecta*, ver a seguir.

Poems in English. Londres: Calder, 1961.

Collected poems in English and French. Londres: Calder, 1977.

Poèmes, suivi de Mirlitonnades. Paris: Éditions de Minuit, 1978. [*Poemas*. Trad. Luiz Benati (de doze dos poemas). São Paulo: Olavobrás, 1988.]

Disjecta. Miscellaneous writings and a dramatic fragment. Ed. Ruby Cohn. Londres: Calder, 1983.

The Grove Centenary Editions of Samuel Beckett: The Poems, Short Fiction and Criticism (IV). Ed. Paul Auster. Prefácio J. M. Coetzee. Nova York: Grove Press, 2006.

Traduções

Anthology of Mexican poetry. Seleção Octavio Paz. Bloomington, Ind.: Indiana University Press/Unesco, 1958.

Drunken boat. Tradução do poema *Le bateau ivre* de Arthur Rimbaud. Reading, Ingl.: Whiteknights Press, 1976.

Bibliografia selecionada sobre Samuel Beckett[2]

Biografias

Bair, D. *Samuel Beckett: a biography*. Londres: Vintage, 1989.

Cronin, Anthony. *Samuel Beckett: the last modernist*. Nova York: Harper & Collins, 1996.

Dukes, G. *Samuel Beckett: illustrated lives*. Londres: Penguin, 2001.

Janvier, L. *Beckett* (Escritores de Sempre). Rio de Janeiro: José Olympio, 1988.

Knowlson, J. *Damned to fame: the life of Samuel Beckett*. Londres: Bloomsbury, 1996.

Livros e ensaios

Ackerley, C. e Gontarski, S. *The grove companion to Samuel Beckett*. Nova York: Grove, 2004.

Adorno, Th. "Versuch, das Endspiel zu verstehen", em *Noten zur Literatur*. Frankfurt: Suhrkamp, 1981. "Trying to understand Endgame". Trad. Shierry Weber-Nicholson, em *Notes to literature*. Nova York: Columbia University Press, 1992. "Pour compreendre Fin de Partie". Trad. Sybille Muller, em *Notes sur la literature*. Paris: Flammarion, 1984.

Acheson, J. (ed.). *Beckett's later fiction and drama: texts for company*. Londres: MacMillan Press, 1987.

Alvarez, A. *Beckett*. Londres: Fontana, 1992.

Anzieu, D. "Beckett et Bion", *Revue de Psychothérapie*, n. 5-6, Paris, 1968.

Badiou, A. *Beckett: l'increvable désir*. Paris: Hachette, 1995.

Bataille, G. Resenha de *Molloy*, 1951. Reedição em Graver, L. e Federman, R. *Samuel Beckett: the critical heritage*, op. cit.

Bell-Chevigny, G. (ed.). *Twentieth century interpretations of Endgame*. Englewood Cliffs, NJ: Prentice Hall, 1969.

Blanchot, M. Resenha de *L'Innommable* (1953). Reedição em Graver, L. e Federman, R. *Samuel Beckett: the critical heritage*, op. cit.

______. "Où maintenant? Qui maintenant?", em *Le livre à venir*. Paris: Gallimard, 1959.

Brater, E. *The drama in text: Beckett's late fiction*. Oxford: Oxford University Press, 1994.

______. *Beyond minimalism: Beckett's late style in the theater*. Nova York: Oxford University Press, 1987.

______. *Beckett at 80, Beckett in context*. Oxford: Oxford University Press, 1986.

Buning, M. (ed.). *Beckett in the 1990's. Selected papers from the Second International Beckett Symposium*. Haia: Rodopi, 1993.

Cahier l'Herne: Samuel Beckett. Paris: Éditions de l'Herne, 1976.

Calder, J. (ed.). *Beckett at 60: a Festschrift*. Londres: Calder, 1967.

Casanova, P. *Beckett, l'abstracteur: anatomie d'une révolution littéraire*. Paris: Éditions du Seuil, 1997.

Champigny, R. "Les aventures de la première personne", em Friedman, M. J. (ed.). *Configuration critique, Revue des Lettres Modernes*, n. 8, Paris, 1964.

Clement, B. *L'oeuvre sans qualités: rhétorique de Samuel Beckett*. Paris: Éditions du Seuil, 1994.

Coe, R. *Beckett*. Londres: Oliver & Boyd, 1964.

Coetzee, J. M. "The English fiction of Samuel Beckett: an essay in style and analysis". Tese de doutorado (Ph.D.). University of Texas, Austin, 1969.

______. "The manuscript revisions of Beckett's *Watt*", *Journal of Modern Literature*, n. 2, nov. 1972.

Cohn, R. *Samuel Beckett: the comic gamut*. Nova Jersey: Rutgers University Press, 1962.

______. *Back to Beckett*. Princeton: Princeton University Press, 1974.

______ (ed.). *Samuel Beckett, a collection of criticism*. Nova York: McGraw-Hill, 1975.

______ (ed.). *Beckett: Waiting for Godot. Casebook series*. Nova York: Grove Press, 1987.

______. *Just play: Beckett's theater*. Princeton: Princeton University Press, 1980.

Connor, S. (ed.). *Waiting for Godot and Endgame. Contemporary critical essays. New Casebooks*. Londres: MacMillan, 1992.

______. *Samuel Beckett: repetition, theory and text*. Oxford: Blackwell, 1988.

Critique, Samuel Beckett, n. 519-520, Paris, 1990.

Cullota-Andonian, C. *The critical response to Samuel Beckett*. Connecticut: Greenwood Press, 1998.

Driver, Tom. "Beckett by the Madeleine", *Columbia University Forum* IV (verão de 1961).

Esslin, M. (ed.). *Samuel Beckett: a collection of critical essays*. Englewood Cliffs, NJ: Prentice Hall, 1965.

Europe, Samuel Beckett, n. 770-771, Paris, 1993.

Federman, R. *Journey to chaos. Samuel Beckett's early fiction*. Berkeley: University of California Press, 1965.

______. "Le paradoxe du menteur", em *Cahier l'Herne: Samuel Beckett*. Paris: Éditions de l'Herne, 1976.

Finney, B. *Since "How it is". A study of Beckett's later fiction*. Londres: Covent Garden Press, 1972.

Fitch, B. *Beckett and Babel*. Toronto: University of Toronto, 1988.

Fletcher, J. *The novels of Samuel Beckett*. Londres: Chatto & Windus, 1964.

Friedman, M. (ed.). *Samuel Beckett now*. Chicago/Londres: University of Chicago, 1970.

______ (ed.). *Beckett translating Beckett*. Pensilvânia: Pennsylvania University Press, 1987.

Gontarski, S. *The intent of undoing in Samuel Beckett's dramatic texts*. Bloomington, Ind.: Indiana University Press, 1985.

______. *Beckett's Happy Days. A manuscript study*. Columbus, Ohio: The Ohio State University Libraries, 1977.

______ (ed.). *The theatrical notebooks of Samuel Beckett: Endgame*. Londres: Faber and Faber, 1992.

Graver, L. e Federman, R. *Samuel Beckett: the critical heritage*. Londres: Henley, 1979.

Harmon, M. (ed.). *No author better served: the correspondence of Alan Schneider and Samuel Beckett*. Cambridge, Mass.: Harvard University Press, 1998.

Harvey, L. *Samuel Beckett, poet and critic*. Princeton: Princeton University Press, 1970.

Hesla, D. *The shape of chaos. An interpretation of the art of Samuel Beckett*. Minneapolis: University of Minnesota Press, 1971.

Hill, L. *Beckett's fiction in different words*. Cambridge/Nova York: Cambridge University Press, 1990.

Hobson, H. "The first night of *Waiting for Godot*", em Calder, J. (ed.), *Beckett at 60*, op. cit.

Hoffman, F. *Samuel Beckett: the language of self*. Carbondale, Ill.: Southern Illinois University Press, 1962.

Irish University Rewiew: A Journal of Irish Studies. Beckett, vol. 14, n. 1, 1984.

Janvier, L. *Pour Samuel Beckett*. Paris: Éditions de Minuit, 1966.

Journal of Beckett Studies, n. 1-12, 1976-1989 (primeira série), vol. 1-4, Beckett International Foundation. Publicação retomada em 1992.

Juliet, C. *Rencontres avec Samuel Beckett*. Paris: Éditions POL, 1999.

Katz, D. *Saying "I" no more: subjectivity and conscience in the prose of Samuel Beckett*. Evanston, Ill.: Northwestern University Press, 1999.

Kennedy, S. *Murphy's bed*. Lewisburg, Pensilvânia: Bucknell University Press, 1971.

Kenner, H. *Samuel Beckett: a critical study*. Londres: Calder, 1961.

______. *A reader's guide to Samuel Beckett*. Londres: Thames and Hudson, 1973.

______. *Flaubert, Joyce and Beckett: the stoic comedians*. Champaign, Ill.: Dalkey Archive Press, University of Illinois, 2005.

Kern, E. *Existential thought and fictional technique. Kierkegaard, Sartre, Beckett*. New Haven: Yale University Press, 1970.

Knowlson, J. (ed). *Happy Days: Samuel Beckett's production notebook*. Londres: Faber and Faber, 1985.

______. *Damned to fame*. Londres: Bloomsbury, 1997.

______ (ed.). *The theatrical notebooks of Samuel Beckett: Krapp's last tape*. Londres: Faber and Faber, 1993.

______ e Pilling, J. *Frescoes of the skull. The later prose and drama of Samuel Beckett*. Londres: Calder, 1979.

Lindon, J. "First meeting with Samuel Beckett", em Calder, J. (ed.). *Beckett at 60*, op. cit.

Locatelli, C. *Unwording the world: Samuel Beckett's prose works after the Nobel Prize*. Filadélfia: University of Pennsylvania Press, 1990.

Ludke, W. M. *Anmerkungen zu einer "Logik des Zerfalls": Adorno-Beckett*. Frankfurt am Main: Suhrkamp, 1981.

Mayoux, J.-J. *Samuel Beckett: writers and their world*. Londres: Longman, 1974.

McMillan, D. e Fehsenfeld, M. (eds.). *Beckett in the theatre: the author as practical playwright and director*. Nova York: Riverrun Press, 1988.
McMillan, D. e Knowlson, J. (eds.). *The theatrical notebooks of Samuel Beckett: Waiting for Godot*. Londres: Faber and Faber, 1993.
Mayer, H. e Johnson, U. (eds.). *Das Werk von Samuel Beckett. Berliner Colloquium*. Frankfurt am Main: Suhrkamp, 1975.
Menzies, J. "Beckett's bicycles". *Journal of Beckett Studies*, n. 6, 1980.
Mercier, V. *Beckett/Beckett*. Nova York: Oxford University Press, 1978.
Modern Drama. Special Issue Samuel Beckett (ed. R. Cohn), vol. 9, n. 3, dez. 1966.
Modern Fiction Studies. Special Issue Samuel Beckett (ed. S. Gontarski), vol. 29, n. 1, 1983.
Moorjani, A. *Abyssal games in the novels of Samuel Beckett*. Chapell Hill, Carolina do Norte: University of North Carolina, 1982.
Morot-Sir, E. e Harper, H. (eds.). *Samuel Beckett: the art of rhetoric*. Chapel Hill, Carolina do Norte: University of North Carolina, 1976.
Morrison, K. *Canters and chronicles: the use of narrative in the plays of Samuel Beckett and Harold Pinter*. Chicago: Chicago University Press, 1983.
Nadeau, M. "Samuel Beckett: l'humour et le néant", *Mercure de France*, n. 1.056, 1951.
O'Brien, E. *The Beckett country: Samuel Beckett's Ireland*. Dublin: Black Cat Press, 1986.
O'Hara, J. (ed.). *20th century interpretations of Molloy, Malone Dies, The unnamable: a collection of critical essays*. Englewood Cliffs, NJ: Prentice Hall, 1970.
Oppenheim, L. *Samuel Beckett and the art: music, visual arts and non-print media*. Londres: Routledge, 1998.
Pilling, J. *Samuel Beckett*. Londres/Henley/Boston: Routledge and Keagan, 1979.
______ (ed.). *The Cambridge companion to Beckett*. Cambridge, Nova York: Cambridge University Press, 1994.
Pinget, R. "Notre ami", em *Revue d'Esthétique, Samuel Beckett,* número especial, Paris, 1986.
Rabbaté, J.-M. (ed.). *Beckett avant Beckett*. Paris: Accents/PENS, 1984.
Rabinowitz, R. *The development of Samuel Beckett's fiction*. Urbana/Chicago: University of Illinois Press, 1984.
______. *Innovation in Samuel Beckett's fiction*. Urbana/Chicago: University of Illinois Press, 1992.
Revue d'Esthétique, Samuel Beckett, número especial, Paris, 1986.
Ricks, C. *Beckett's dying words*. Oxford: Clarendon Press, 1993.
Samuel Beckett Today/Aujourd'hui (ed. Buning/Houppermans), Amsterdã/Atlanta: Rodopi, desde 1992.
Shenker, I. "Moody man of letters", *The New York Times*, 5.5.1956. Reedição em Graver, L. e Federman, R. *Samuel Beckett: the critical heritage*, op. cit.

Tagliaferri, A. *Beckett et la surdetermination littéraire*. Paris: Payot, 1977.
_______. "Joyce e Beckett: leitura terminável e interminável", em Nestrovski, A. (org.). *Riverrun. Ensaios sobre James Joyce*. Rio de Janeiro: Imago, 1992.
Trezise, T. *Into the breach: Samuel Beckett and the end of literature*. Princeton: Princeton University Press, 1990.
Tynan, K. Resenha de *Endgame* (1957). Reedição em Graver, L. e Federman, R. *Samuel Beckett: the critical heritage*, op. cit.
Watson, D. *Paradox and desire in Beckett's fiction*. Londres: McMillan, 1991.
Webb, E. *Samuel Beckett: a study of his novels*. Seattle/Londres: University of Washington Press, 1970.
Weber-Caeflisch, A. *Chacun son dépeupleur*. Paris: Éditions de Minuit, 1994.
Worth, K. *Beckett, the shape changer. A Symposium at Royal Holloway College*. Londres/Boston: Routledge and Kegan Paul, 1975.
Zurbrugg, N. *Beckett and Proust*. Londres: C. Smythe, 1988.

No Brasil

Andrade, F. S. *Samuel Beckett: o silêncio possível*. São Paulo: Ateliê Editorial, 2001.
Araújo, R. B. *Niilismo heróico em Samuel Beckett e Hilda Hilst: fim e recomeço da narrativa*. Natal: EDUFRN, 2012.
Auster, P. *"Mercier e Camier"*, em *A arte da fome e outros ensaios*. Rio de Janeiro: José Olympio, 1996.
Berretini, C. *A linguagem de Beckett*. São Paulo: Perspectiva, 1977.
______. *Samuel Beckett: escritor plural*. São Paulo: Perspectiva, 2004.
Bloom, H. "Beckett... Joyce. Proust... Shakespeare", em *O cânone ocidental*. Rio de Janeiro: Objetiva, 1994.
Borges, G. *A poética televisual de Samuel Beckett*. São Paulo: Annablume, 2009.
Cavalcanti, I. *Eu que não estou aí onde estou*. Rio de Janeiro: 7Letras, 2006.
Coetzee, J. M. "Samuel Beckett, os contos", em *Mecanismos Internos. Ensaios sobre literatura (2000-2005)*. Trad. Sergio Flaksman. São Paulo: Companhia das Letras, 2011.
Esslin, M. *O teatro do absurdo*. Trad. Barbara Heliodora. Rio de Janeiro: Zahar, 1968.
Farias Jr., M. M. R. *Beckett: silêncios. Ensaios a partir da poética cênica da Samuel Beckett*. São Paulo: Annablume, 2011.
Henz, A. O. *Estéticas do esgotamento. Extratos para uma política em Beckett e Deleuze*. Porto Alegre: Sulina; Editora da UFRGS, 2012.
Juilet, C. "Encontro com Samuel Beckett", *Novos Estudos Cebrap*, São Paulo, n. 24, jul. 1989.

Kudielka, R. "O paradigma da pintura moderna em Samuel Beckett", *Novos Estudos Cebrap*, São Paulo, n. 56, mar. 2000.

Maciel, L. C. *Samuel Beckett e a solidão humana*. Porto Alegre: Instituto Estadual do Livro, 1959.

Ramos, L. F. *O parto de Godot e outras encenações imaginárias*. São Paulo: Hucitec/FAPESP, 1999.

Sontag, S. "*Esperando Godot* em Sarajevo", em *Questão de ênfase*. Trad. Rubens Figueiredo. São Paulo: Companhia das Letras, 2005.

Souza, A. H. *A tradução como um outro original: "Como é" de Samuel Beckett*. Rio de Janeiro: 7Letras, 2006.

Steiner, G. "Do nuance e do escrúpulo", em *Extraterritorial: a literatura e a revolução da linguagem*. São Paulo: Companhia das Letras, 1990.

Tagliaferri, A. "Joyce e Beckett: leitura terminável e interminável", em Nestrovski, A. (org.). *Riverrun. Ensaios sobre James Joyce*. Rio de Janeiro: Imago, 1992.

Updike, J. "Tênue consolação da velha Irlanda", em *Bem perto da costa*. São Paulo: Companhia das Letras, 1991.

Vasconcellos, C. M. *Teatro inferno: Samuel Beckett*. São Paulo: Terracota, 2012.

Webb, E. *As peças de Samuel Beckett*. Trad. Pedro Sette-Câmara. São Paulo: Realizações Editora, 2012.

ESTE LIVRO, COMPOSTO NA FONTE FAIRFIELD
FOI IMPRESSO EM PÓLEN SOFT 80G NA YANGRAF.
SÃO PAULO, BRASIL, EM MAIO DE 2014.